快乐读书吧系列丛书

肖维玲 主编

列那狐的故事

[英国] 威廉·卡克斯顿 著 郑振铎 译

山东大学出版社
SHANDONG UNIVERSITY PRESS
·济南·

图书在版编目（CIP）数据

列那狐的故事 /（英）威廉·卡克斯顿著 ；郑振铎译. -- 济南 ：山东大学出版社，2025. 6. --（快乐读书吧系列丛书 / 肖维玲主编）. -- ISBN 978-7-5607-8853-1

Ⅰ. I561.88

中国国家版本馆 CIP 数据核字第 2025L5Y768 号

责任编辑　孙艳凤

文案编辑　孙婷婷

封面设计　李文静

列那狐的故事

LIENAHU DE GUSHI

出版发行　山东大学出版社

社　　址　山东省济南市山大南路 20 号

邮政编码　250100

发行热线　(0531)88363008

经　　销　新华书店

印　　刷　天津联城印刷有限公司

规　　格　710 毫米 ×1000 毫米　1/16

8.25 印张　165 千字

版　　次　2025 年 6 月第 1 版

印　　次　2025 年 6 月第 1 次印刷

定　　价　35.00 元

《列那狐的故事》导读

《列那狐的故事》讲的是一个流传了几百年的经典民间故事。这本书诞生于欧洲中世纪时期，当时的欧洲处于封建社会，像狮王这样的封建领主掌握着大量的土地和权力，普通百姓生活困苦，人们没法直接表达对权贵和封建制度的不满，只好借助像“列那狐”这样的动物故事，影射各种丑陋的社会现象。《列那狐的故事》是欧洲中世纪市民文学的代表作品，凭借着讽刺幽默的语言、生动活泼的风格、强烈的现实针对性，对后来的世俗作品产生了深远的影响。它从动物们的王国入手，讲述了聪明、狡猾的列那狐一方面欺压兔、鸡等小动物，一方面在强大的狮王、狼、熊等动物的欺压下用智慧逃生的传奇经历。

“列那狐”是如何产生的

《列那狐的故事》又叫《列那狐传奇》。它的作者历来众说纷纭。过去的观点一般认为它来自民间传说或“僧侣诗人”，诞生地也有德国、法国、英国三种说法。

按译者郑振铎在序言中所写的，《列那狐的故事》原有一个法国民间传说的来源。然而在 10 世纪与 11 世纪时，经过了“僧侣诗人”与法国“宫廷诗人”的润饰，加上了时代色彩与讽刺意味。

到了 12 世纪时，德文版、拉丁文版相继出现，后

来又有了散文版。到了18世纪末，大诗人歌德也写作了一本《列那狐》，虽文辞优美，但丢失了一些原有的质朴、可爱和风趣。

这些版本的变迁证明《列那狐的故事》不仅仅是一个童话，它还被改编为了韵文故事、讽刺故事诗、抒情诗和戏剧等，对后来的西方文学产生了较大影响。

“列那狐”为什么如此受欢迎？

《列那狐的故事》属于民间故事，流传了数百年，还漂洋过海被文学大师郑振铎看中并翻译介绍给中国的儿童，是因为它在各方面都拥有自己鲜明的特色。

在故事的表达内容和表达形式上，《列那狐的故事》分别有以下特点。

思想内涵

1 取材于现实，充满喜剧色彩

《列那狐的故事》通过一系列生动有趣的情节和角色塑造，将当时社会的种种现象和矛盾都以寓言的形式呈现出来。机智、狡猾的列那狐每一次冒险都充满了戏剧性，寓教于乐，蕴含深刻的社会寓意。

2 揭示了封建贵族的残暴贪婪，表现市民的机智勇敢

依赛格林狼靠着强大的力量逼迫列那狐为他寻找食物，列那狐却凭借自己的智慧和勇气，一次次地挫败敌人的阴谋，保护了自己和同伴的利益。这种对正义与邪恶的鲜明对比和深刻批判，展现了市民阶层在逆境中顽强抗争的精神。

艺术特色

1 语言讽刺、幽默，风格活泼

列那狐的种种计谋和恶作剧，如装死偷吃乌鸦、用计让狼尾巴冻在冰上等，都让读者在会心一笑中感受到作者的机智，大量幽默元素的穿插让原本沉重的社会批判变得生动有趣。

2 大量使用隐喻、象征等手法

故事采用动物拟人化的手法，赋予动物以人的性格和表现，如偏听偏信的狮王，代表了封建统治阶级的权威与专横；依赛格林狼等则代表贪婪愚蠢的贵族大臣；而鸡、兔等小动物代表着生活贫苦的底层民众，列那狐自身则成为一个勇敢反抗压迫、机智应对困境的象征。这些手法的运用使得作品能够跨越时空的界限，与不同时代的读者产生共鸣。

3 化用古代寓言，还原动物本性

每一个动物都有自己兽类的特点，比如列那狐和依赛格林狼的决斗是靠爪子、尾巴和牙齿，这还原了动物们本来的模样。此外，故事还引入了许多古代的寓言，如熊被夹在树缝中、狼看马蹄被踢等，让故事变得生动可喜。

如何阅读《列那狐的故事》

阅读《列那狐的故事》就像踏上一场智慧与狡黠交织的冒险之旅。以下是一套专属的阅读方法，可以帮助你更全面地领略这部经典作品的魅力。

① 构建情境，代入角色

从茂密的森林到繁华的村庄、威严的宫廷，故事充满了生动的场景描述和各式各样的角色，初次阅读时可以通过想象还原情境、领悟故事，感受不同情境下机智、狡猾的列那狐是如何应对的。

② 绘制图表，预测走向

因为人物较多，阅读时可以手动绘制角色关系图来理清关系，重点总结他们的性格特点。人物性格往往决定了故事的走向，不妨尝试预测列那狐下一步会采取什么行动以及他的行为将如何影响其他动物和整个故事的发展。

③ 追溯历史，记录感悟

了解故事发生的时代背景是理解《列那狐的故事》的关键，可以运用多媒体，查阅关于中世纪法国的社会结构、动物象征等资料，记录下你的感悟，这有助于你更深入地理解故事中角色间的权力斗争以及寓言背后的社会批判性。

④ 品味语言，思考表达

故事中的语言既幽默又讽刺，仔细品味，你会发现《列那狐的故事》不仅仅是动物间的嬉戏打闹，更是对人类社会的深刻反思。列那狐的行为总是正确的吗？他的狡猾是否总是值得称赞？我们又该从中学到什么？试着写一写你的感受。

在那遥远的动物王国，列那狐穿梭于幽深的森林与喧嚣的市井之间。让我们跟随列那狐的脚步，见证他如何运用智慧在危机四伏的环境中生存下来，并一次次化险为夷吧！

译序

中世纪的欧洲，出了一部伟大的禽兽史诗[①]，这就是《列那狐的故事》（*Reynard the Fox*）。我读了这部书，觉得异常的可爱，故费了一到两个月的工夫把它介绍给读者。

关于《列那狐的故事》，学者间的争论不少，第一是它的作者问题，第二是它的产生地的问题。关于它的作者，有的主张是由民间传说发展而成的，有的主张是“僧侣诗人”们的创作。关于它的产地，有的主张是德国，有的主张是法国。但不管那许多纷纭莫决的主张，我们现在却有了一种概念：这部《列那狐的故事》原有一个民间传说的来源，这来源是在法国。然而在10世纪与11世纪时，经过了“僧侣诗人”与法国“宫廷诗人”的润饰，加上了时代的色彩与讽刺的意味。当时宫廷诗人大约必以此诗与那些古代史诗、骑士传奇，同样地读诵于听者之前，以娱悦他们。到了12世纪时，有了一种德文本，又有了拉丁文本，变异的同源作品有数种，后来又有了散文本。到了18世纪之末，大诗人歌德[②]又著

①伟大的禽兽史诗：此书作者是英国翻译家、作家、出版家威廉·卡克斯顿（1422年—1491年），他通晓英、法、德、拉丁文，被誉为“英国印刷之父”，也是莎士比亚之前对英语文学影响最大的人。他整理翻译的《列那狐的故事》是最早的版本之一。郑振铎比较了各个版本，选择了此版，并且对它进行了调整，以便于读者阅读，同时尽量保留这一民间故事中的文学趣味，使之更加贴近故事的原貌。

②歌德（1749年—1832年）：德国著名思想家、作家，代表作《少年维特之烦恼》《浮士德》，对世界文学具有极大的影响。

了 *Reineke Fuchs*[①]，在文辞方面，是加上了不少的美漆[②]，但它原来的朴质可爱的风趣，却丧失了一些。

《列那狐的故事》最可爱最特异的一点，便是善于描写禽兽的行动及性格，使之如真的一般；还有它引进了许多古代的寓言，如熊被骗，被紧夹在树缝中；狼低头看马蹄，被马所踢等等，而能够自由地运用，使之十分的生动，也是极可使我们赞美的。

在歌德所述的 *Reineke Fuchs* 里，会附有大画家 Kaulbach[③]所绘插图三十余幅，极为有趣。批评者都谓这给本书以新的生命。现在把它们转插于本书[④]中。

为方便中国的儿童阅读，此书采用重述法，但所删节的地方并不多见。另一英译本，删节了三分之二，只叙到第十四节为止。原书的结局是列那狐终于得释，这个英译本，却不欲使狡者得志，竟把它的结果改作：列那被处死刑，大快人心了！编译儿童书而处处要顾全“道德”，是要失掉许多文学的趣味的。

译者 郑振铎

---

①Reineke Fuchs：《列那狐》的德语译名。

②美漆：指外表美丽的涂漆，这里表示歌德的文辞十分优美华丽。

③Kaulbach：威廉·冯·考尔巴赫（1805年—1874年），德国画家，主要以壁画而闻名，但也是一位书籍插画家。

④本书：指的是郑振铎翻译的《世界少年文学丛刊：列那狐》，1931年由上海开明书店出版。

目录

阅读导航

在以狮子为首的动物世界中，召开了一场“列那狐批斗大会”，动物们接二连三地向狮王表达自己对列那狐的怨恨和不满。那么列那狐究竟做了哪些事情，竟惹得动物们对他群起而攻之呢？他是不是真的像动物们说的那样糟糕呢？让我们一起走进列那狐的故事去了解真相吧！

1. 五旬节朝会

在五旬节[①]的前后，树林中大概都是美丽而且可爱的：树木覆（fù）被着叶与花，地上铺着绿油油的草与芳香的花朵，禽（qín）鸟们和谐地唱着悦耳的歌。

在这个时候，全体禽兽的高贵的王——狮子，要在这次宴会的几个圣日里，坐朝处理国政。他要把这件事叫他国境之内的所有动物都知道，又出了告示说：每个禽兽都必须到这里来。

典型形象

狮子作为百兽之王，代表着强大的力量和至尊的地位，在本书中是西方中世纪最高统治者的象征。

于是，所有禽兽都来到了宫廷里，只有列那狐不来。他知道自己有许多罪恶，得罪过许多到这里来的禽兽。因此，他便不敢来了。

当禽兽之王坐朝，所有禽兽都集合在那里时，只听见许多禽兽在苦苦地控告着列那狐。

---

①五旬节：犹太教、基督教的一个非常重要的宗教节日——圣灵降临节，因为是在复活节后的第50天，一旬为10日，所以也叫五旬节。

2. 狼索要赔偿

依赛格林狼同他的亲族与朋友们到来，站在国王面前，说道：

“高贵有力的王，我恳求您，以您的威力、正直与仁慈，要对于列那狐所给予我及我的妻子的种种侵害及无理的胡闹，加以怜悯（mǐn）。

典型形象

狼是森林中狡猾跋扈的强者。依赛格林狼和他的亲族象征着西方中世纪的贵族廷臣。

“他不管我妻子的意愿，强行侵入我的屋里。我的儿子们睡在那里，他在他们头上撒尿，致使他们从此成了瞎眼。

“亲爱的王，现在到您宫廷里来的禽兽，有许多都是知道这件事的。

“他还有许多侵害我的事，我不能细说，现在只好不提。但他对于我妻子的羞辱，是我决不能坐视不理的，必须叫他给我赔偿！”

3. 众禽兽控诉

狼说完了话，小猎狗考托士又站起来向国王控诉说，在寒冷的冬天，霜雪满地，他为严冬所苦，什么食物都没有了，只存有一个布丁，而列那狐却把这个布丁从他那里偷走了。

他说完了这些话，特保猫愤怒地跳到他们中间，说道："国王，我的陛下，我在这里听见列那狐被人苛(kē)刻地控告，没有别人，只有他自己，才能洗清他的嫌疑。但考托士在这里控告的，却是许多年前的事——那个布丁是我的，而我却不控告，因为它是我在夜间从一个磨坊里得来的，磨坊的主人当时躺在那里睡着了。如果考托士有什么份，那也是从我那里得来的。"

于是，潘莎海狸说道："你想一想看，特保，列那被人控告是不应该的么？他简直是一个谋杀者，一个海盗(dào)，一个贼。他不爱任何一个人，就算是我们这里的王，他也不爱。只要能取得一只肥鸡的腿，即使失去善德与名誉，他也愿意。我要告诉你，我昨天看见的他对克瓦兔所做的事。克瓦是受着国王和平而安全的保护，现在才能站在这里的。他昨天答应克瓦说，要帮克瓦成为一个好牧师。他叫克瓦坐在他旁边唱歌，我刚好从那里经过，听见这个歌声。后来我走近了，却看见这位列

阅读任务

海狸为什么给列那狐下了这么一个定义？阅读后文，寻找答案吧。

那先生已放下他方才的教读与教歌的事，又在演他的旧戏了。因为，他这时已把克瓦的咽喉(yān hóu)捉住，如果我这时不来，他已把克瓦的生命取走了。你们在这里还可以看出克瓦的新伤痕。我的王，如果您对于这事没有刑罚，让那个破坏您和平的人安安静静地走掉，您便将没有权力审判您的部下，您的子孙们在许多年之后也要受骂的。”

“的确如此，潘莎。”依赛格林狼说道，“你说的不错。实行正义与公理，是正当的。如此，弱者才能生存于和平之中。”

4. 外甥的辩护

于是猪獾(huān)①格令巴出来说话了，他是列那狐的姐姐的儿子，说话时带着怒气。

“依赛格林勋爵(xūn jué)，你的话是不对的。俗话说得好：‘一个仇敌的口中，说不出什么好话来。’你说的都是谎话，你责备我舅父列那的话又是对的么？我可以说，你不敢确定地说，你们二人中，列那侵害你比你侵害他更甚些，应该用绳子把你的头挂在树上，如一个贼受到的惩罚那样。但是，他如果像你一样现在也在这宫廷上，在国王身边，他心里要不要想道，你所做的事已够叫你去向他谢罪？——你多次用凶残尖利的牙齿咬打我的舅父，至于究竟多少次，我简直算也算不清楚了。

“但我可以说出我所熟知的几件事：你不记得你是怎样处置他从车上抛下来的比目鱼了吗？当时你远远地跟在车后面，自己独自吃掉了比目鱼，只剩下鱼骨或你自己不吃的骨头给他。

> **点拨**
>
> 依赛格林将自己伪装成受害者，但实际上他也在欺负列那狐。

“同这一样，你连肥猪肋(lèi)肉也不肯给他，这猪肋肉味道非常好，你独自吃在嘴里了，当我舅父向你要他的一份时，你却侮蔑(wǔ miè)②地回答道：‘列那，好孩子，我很高兴把你

---

①猪獾：也叫獾猪、山獾，体形似獾，吻鼻部似猪拱嘴，故名。
②侮蔑：轻视、轻蔑。

的一份给你。’但我的舅父却什么也没有得到。实际上，这块猪肋肉是他冒了很大的危险才得来的，因为有人发现了他，把他抛到一个袋中，他好不容易才逃出来。

“如此同样的事，列那曾从依赛格林那里遭受过许多次。唉，诸(zhū)位先生，你们想想，这是对的么？

“现在还要说明一下兔子克瓦的事。我想这是一种猜想。他读书时，如果功课做得不对，他的先生列那还不应该打他一下么？如果不打学生们，不叱(chì)责他们的懒惰(duò)，他们永远不肯用功的。

“再说考托士控告说他很辛苦地在冬天得到一块布丁，在这时候，食物正是很不易找寻的。但他最好不要开口控诉，因为他的布丁是偷来的。古谚语说道：‘悖(bèi)得者亦悖失’[1]，是应该的。如果列那从一个贼那里取去所偷来的东西，谁会去责备他？这是正理。

“他是懂得法律的，能够明白正义。我的舅父是一个和蔼真实的人，他不能忍受虚伪的事。他做什么事都会与

---

①悖得者亦悖失：以不正义的方式获得的东西也会以不正义的方式失去。悖，这里指违背情理的方式或手法。

他的牧师讨论。他永不曾害过什么人，因为他一天不过吃一顿，他过着隐士的生活，他有一年多不曾吃肉了。

“我昨天听见从他那里来的几个人说，他已经离开他的马里卜台堡，建筑了一个土穴。他住在那里，不再去打猎，只靠着人家的施济，除了人家施济给他的东西外，什么也不取。他在忏(chàn)悔他的罪恶。”

如此，格令巴代他舅父辩护了许多话。正当这时，他们看见山上走下来雄鸡张的克劳，他抬了一个尸架，躺在架上的，是一只死鸡，列那狐曾把她的头咬去，这必须抬来给国王看，让他知道。

提问

回看海狸对列那狐的评价，为什么他与猪獾的评价完全相反？

动物座谈会

动物中对列那狐的为人存在两种说法：

说法一，列那狐是一个欺凌弱小、作恶多端的坏人。

说法二，列那狐是一个和蔼真实、善于自省的好人。实际上，列那狐还没有真正出现在我们眼前，我们不能仅仅依靠动物们的一面之词就去判断他的品性，让我们继续阅读，认识真正的列那狐吧！

5. 鸡群的哭泣

张的克劳走上前来，悲悯地扑打着他的双手与翼膀。在尸架的两边，有两个悲戚①的小雌鸡抬着——一个叫作康太，一个叫作克拉耶。死的是他们的姐姐，小雌鸡柯平。

他们哭他们死去的姐姐，哭得十分悲切，他们母亲的哭声尤其高，远远的便可听见了。

就这样，他们这一大队伍走到狮王的面前。

于是，张的克劳说道："慈悲的陛下，我的王，请您垂听我的控告，我告的是列那狐，他凶残地侵害着我，还有这里站着的我的孩子们。四月的初旬，天气很好，我很是高兴，很是骄傲，因为我的孩子很多。

"我有八个好看的儿子，七个好看的女儿，他们都是我妻子孵(fū)出来的。他们都很强壮而且肥胖，常到园中去散步，园子四周都有墙，还有六只大狗看守着，所以我的孩子们并不害怕。

"列那这贼，看着他们眼红，但又不能得到——这个残暴的贼常常在墙上走着，大狗们便扑过去，把他赶走了。有一次，他几乎被他们捉住了。

"于是我们好一阵子没有见到列那。后来他来了，装成隐士的模样，带来一封信给我读，信上盖有国王的印章，

①悲戚：悲伤。

上面写道：‘国王要使国内人民全部安居乐业，各种的兽类、禽类，都不准侵害别的禽兽。’

“他还对我说，他现在是一个出家人了，他要认真忏悔他的罪过。他还给我看他的隐士衣服。他说道：‘张的克劳勋爵，此后你可以不用惧怕我、注意我了，因为我现在不再吃肉了。我现在要走了，要去唱歌了。’于是列那走了，躺在一棵山楂(zhā)树下。

“那时，我是又快活，又高兴，不再去注意他了。我叫了我的孩子们过来，同到墙外去散步，然而我们却自此受到许多伤害，因为列那躺在密林中，偷偷地、轻轻地走到我们与门的中间，捉去了我的一个孩子，放到他的背袋中。

点拨

列那狐使用计谋骗取信任，又暗地埋伏捕猎。

“从此，他日夜等待着，偷去了我的许多孩子。我的十五个孩子现在只剩下四个了，其余的都被他吃掉了。

“昨天，我的女儿柯平，就是现在躺在尸架上的，又被他捉去了，幸亏被大狗带了回来。高贵的王，我向您恳求，请您可怜我所受的无理的巨大损害及我失去的好看的孩子们！”

6. 派熊唤列那

于是，狮王说道："猪獾勋爵，你听见你舅父，那位隐士所做的事了么？他又斋(zhāi)戒，又忏悔，然而做出了什么事！现在，静下来，张的克劳，你的控告够了。你的女儿死了躺在这里，我们要为她举行葬礼。先把她光荣地葬了，然后再同诸位大臣商量怎样以正义与公理处置这个大谋杀者，叫这个虚伪的贼受法律的制裁。"

点拨

猪獾和雄鸡的话形成鲜明对比，衬托出了列那狐的狡猾。

葬礼举行后，狮王召集了他的大臣与最有智谋的咨议①，商议怎样责罚列那狐。他们决定先差个人去叫列那狐来对案，不要躲避着不来。白鲁因熊得了这个差使。

狮王对白鲁因熊道："白鲁因勋爵，我派你做这个差使，但你自己要小心，因为列那是一个奸猾的、残暴的东西，他还晓得许多的诡计，会说谎，又会造谣；他肯定要欺骗你，而且让你上当呢！"

白鲁因熊道："什么？我的王，不要说这事！那狐想欺骗我！我绝不会上他的当！"

于是，白鲁因快活地从这里动身走了，但恐怕他将不会再这样快活了……

①咨议：指顾问、幕僚。

7. 谎言对高傲

现在，白鲁因很高傲地向列那狐家走去，心里确信列那狐是不会戏弄他的。他走进一座黑暗的森林，列那在那里有一条小路，是预备被猎时逃走用的。

白鲁因要到马里卜台堡必须从这个林中经过。列那有许多住宅，但马里卜台堡是其中最好、最安稳的一个。他在需要或有所惧怕时，便住到那里去。

现在，白鲁因到了马里卜台堡了，堡门紧闭着。于是他走到门前，坐在地上，叫道："列那，你在家么？我是白鲁因。国王差我来叫你到宫廷去，辩护你的案子。国王立誓说，你要是不来或我带不来你，你就要被判死刑。他要绞(jiǎo)死你，或把你摔死在岩石上。列那，听我的忠告，到宫廷去吧。"

> **点拨**
>
> 白鲁因熊将一切坦诚相告，体现了他的愚蠢和高傲。

列那躺在门内，像平日一样，在晒太阳。列那听见白鲁因的话，便走到他的洞中去。

马里卜台堡到处都是洞。这里一个洞，那里又一个洞，前面又是一个洞——狭(xiá)窄的、曲折的、长的，还有许多路可以通到外边，这些通路，他可以随意启闭。在他带了掳掠(lǔ lüè)物回家，或做了什么坏事被追捕时，便跑进来，藏身在密室中，以躲避仇人们，这样，他们便不能寻到他了。他用这个方法，曾骗过了许多要追捕他的禽兽。

这时，列那在想应该用什么方法使那熊知难而退，他自己便可以安居不去。

于是，列那狐想定了计策，走了出来，说道："白鲁因叔叔，欢迎你！我听见你在外边很久了，但我有事，所以不免耽（dān）误了一会儿。亲爱的叔叔，他让你走了这么远的山路，这真不是一个好差事。我见你很疲倦了，满头大汗的。其实你不必来叫我，我明天一定会到宫廷去的。但是，我现在觉得忧愁有所减轻，因为你的忠告可以在宫殿里帮助我。难道国王在你之外不能派另一个人到这里来么？真是奇怪，国王以下，就数你最仁厚、最有兵力、土地最多了。

点拨

列那狐不慌不惧，冷静地用智慧解决问题。

"我很想现在立刻就动身到王宫，但因我吃了太多食物，嘴里很难受，有些不便。"

于是，熊说道："亲爱的侄儿，你吃了什么东西，使你的嘴如此难受？"

"亲爱的叔叔，我吃的是蜂蜜，我饿时便去吃。"

白鲁因叫道："啊，列那，你说什么！你不喜欢蜂蜜么？它是我最喜欢的东西了！好列那，你要是帮我得到这些蜂蜜，我将终生做你的挚友。"

8. 是蜂蜜陷阱

“白鲁因叔叔，我想你是在开玩笑。”

“天呀，列那！不，我一点也没有和你开玩笑。”

于是，列那狐说道：“那么，你真的这么喜欢吃蜂蜜吗？这蜂蜜叫你们十个人来饱餐一顿，也吃不完。”

“不必我们十个，列那侄！”白鲁因熊说道，“为什么要让十个人来吃？如果我有了这里和葡萄牙[1]那里所有的蜂蜜，我也能独自把它们吃完。”

列那狐说道：“你说什么，叔父？这里附近住着一个农夫，名叫兰特福，他有无数的蜂蜜，你即使吃七年也吃不完。如果你拿我当朋友，帮我反抗在国王面前控告我的那些人，这些蜂蜜便可以在你的掌握之中了。”

于是，白鲁因熊答应他说，如果自己可以得到无数的蜂蜜，必定与列那狐成为忠诚的朋友，比谁都要好些。

点拨

白鲁因熊被成功策反。

狡狐[2]列那笑了，说道：“如果你有七张嘴，我也可以使它们都吃得饱饱的。”白鲁因熊听了这话，非常高兴，忍不住笑了出来。

于是，列那狐想道：好运气！我将领他到那里去，让

①葡萄牙：位于欧洲伊比利亚半岛的一个国家。
②狡狐：狡猾的狐狸。

他再“开心”一下。

于是，列那狐说道：“这事不必久延①了，我必须为你辛苦一下。你要十分明白我对你的好意。”

笨熊谢了他。列那狐说道：“叔叔，现在我们走吧，你跟着我。我可以让你有许多蜂蜜，你简直都吃不完。”他们一同走了好久，到了农夫兰特福的农场里。白鲁因勋爵觉得很高兴。

兰特福是一个木匠，据人说，他善于锯断大木头。前天他曾运了一棵大橡树放在农场中，他已经开始锯解这块橡木了。他把两个木橛(jué)②夹在已锯开的缝(fèng)中，使它张裂着。

点拨

木头制造的陷阱，为后文熊被困做铺垫。

列那狐见了很高兴，他已得到他所要的东西了，于是他笑着对白鲁因熊说道：“在这树里，蜂蜜多到不可计数。你去那里试试看，少吃些，因为蜜虽甜美，却不要吃得太多，只有适量地吃，才能对身体无害。好叔叔，如果吃得太多而患病，我是要负责的。”

“列那侄儿，不必为我忧愁！你当我是一个愚夫么？”

---

①久延：拖延太久。
②木橛：短木桩。

列那狐说道："吃东西最好不过度。你去到树旁，爬进去。"

白鲁因熊匆匆地要取得那蜜，两只前足先伸入锯开的树缝中，头也伸了进去。列那轻轻地跳进，把木橛拔了出来。于是锯开的木头合拢了，把白鲁因熊紧紧地夹在树缝中。这就是侄儿用骗术把叔叔囚禁在树中的情形，他不能用力，也不能用智巧把他的头和脚从树中拔出来。

白鲁因熊的身体虽坚实有力，这时也无计可施。他终于明白他是被骗了。他开始吼叫，后足挣扎着，发出的声响惊动了农夫兰特福。他匆匆地走出来，手里拿着一把尖利的镰刀。白鲁因熊被夹在树缝中，又害怕，又着急。他挣扎着，吼叫着，可是没有用。他不知怎样逃脱。

列那狐远远地看见木匠兰特福来了，于是他对白鲁因说道："那蜜好吃么？现在怎么样？不要吃得太多，吃多了对你身体是有害的，那时你便不能到宫廷去了。当兰特福来时，如果你已经吃够了，他会给你水喝的，那么，蜜便不会黏(nián)在你的喉咙口。"

列那狐说了这些话，便转身回到他的堡中去了。

兰特福来了，他看见那熊被紧夹在树中。于是，他匆匆地跑到邻居家，叫道："都到我的天井[①]里来，有一只熊被捉住了！"这句话传得极快。不久，所有男人、女人都来了，都尽力地跑来，手里执着各种武器，有的是木棒，

①天井：宅院中房子和房子或房子和围墙所围成的较小的露天空地。

有的是耙（pá），有的是扫帚。教堂里的牧师也拿着神杖跑来，他的妻子也来了，连口中牙齿都没有的老太婆也跑来了。

白鲁因熊在此时的力气是以一敌百的。他听见众人的喊声，挣扎着，尽力一挣，把他的头挣脱出来。

但他的双耳都留在树缝中了。在他把双足拔出之前，足爪也被留住了。他两足痛得不能走，又满头是伤，每个人都去打他，他只好无抵抗地呻吟（shēn yín）着，顺受①这些攻击。

他们把他打得死去活来。他忍痛一跳，那边是大河，一班女人被挤落到河中去了。牧师的妻子也落在水里。牧师无心再去打熊了，急得大叫道："她在水中！救她！救她！谁把她救起来，我就把他的罪恶全都赦（shè）免！"大家都依牧师的吩咐去河中救人，把熊放在一边。

白鲁因熊见人都离开，便也跳入水中，尽力地游泳而逃。牧师见熊逃了，大怒，追在后面大叫道："回来，你这贼！"白鲁因熊只作不闻，尽力地游泳。他在心里咒骂那有蜜的树及列那狐，使他受了这么多苦！他泅（qiú）②得疲了，爬上对岸，坐在那里休息。他呻吟着，叹息着，血流过双眼，痛彻心腑（fǔ）。

现在，我们看那列那狐这时在做什么。他趁机到兰特福家里，偷了一只肥鸡，匆匆地沿着一条小径走了。他向河边走去，心里很快活，想白鲁因熊此时必已被打死了。

---

①顺受：顺从地接受。
②泅：浮水。

他想道：白鲁因熊死了，宫廷上便无对证了。

到了河岸，他却吃了一惊，原来白鲁因熊还好好地躺在那里休息。他心里异常忧郁，而且很生气。“兰特福这个愚人，竟把握在手中的肥熊放走了！”他过了河，见白鲁因熊受了伤，全身是血。

列那狐便讥嘲地说道：“你偷了兰特福的蜜，付了钱没有？如果没有，那是很可耻的。我当代你去付给他。那蜜好吃么？你为什么戴了大红帽，把耳朵也罩得不见了？”

白鲁因熊听了这些话，异常愤怒，却又无力去报仇。他任凭列那狐说，自己却一声不响地极痛苦地忍受着。后来，他又跳入河中，泅到对岸去躲避列那狐。他迟延了许久，才动身到国王那里去复命，一路上差不多是连爬带滚。

他远远地爬滚来，国王端详了好久，才认得是他，心里不大高兴，说道：“这是白鲁因熊，我的朋友！天呀，谁打得他这样厉害？头全都变红了，几乎要被打死了。他在什么地方被打的呢？”

动物座谈会

列那狐出场后，主要有两件事围绕他展开：一是对白鲁因熊的欺骗和嘲讽，二是偷走了兰特福家的肥鸡。

列那狐似乎并不像猪獾格令巴说的那样和蔼真实，虽然他的一切行为都凸显着无比的冷静和智慧，但我们不能否认他的狡猾和他带给其他动物的伤害。

9. 再派特保猫

于是，白鲁因熊走到国王面前，说道："慈悯的王，我的陛下，请您代我报仇，惩罚那个狡兽列那。我因为奉行您的使命，被他弄得如此。我的两只前足、我的双颊、我的双耳，都因他的奸谋而失去了。"

国王说道："这个奸贼列那怎敢如此？我对你说，白鲁因，我立誓要为你报仇。"

他召集大臣们，商议怎样处置列那。会议的结果是再叫人去召他来听审。他们想，特保猫执行这个使命是最合适的，因为他很聪明。国王也这样认为。

10. 谷仓外的罗网

于是，国王说道："特保勋爵，你到列那狐那里，告诉他，这是第二次召他来听审。他虽然对别的兽类施凶，但他相信你，肯听你的话的。你对他说，如果三次召他不来，我们将以法律惩治他及他所有的亲族，绝不宽待。"

特保猫说道："我的王，我求您另差别人去吧。我身体又小又弱。白鲁因熊那样强壮有力，都不能带他来，我怎么能成功呢？"

国王说道："不，特保勋爵，你是聪明有学问的。智巧是比力量更有用的。"

特保猫只得答应了下来，不久，便动身向马里卜台堡去了。他到了那里，看见列那狐独自站在门前。

特保猫说道："列那！国王召你去呢。他说，你这一次如果再不同我到宫廷去，他要杀死你呢！"

列那狐说道："特保，好兄弟，我欢迎你！祝你好运！"列那嘴里说着好话，心里却在想摆布他的计划。

列那狐继续说道："我们今天可以在一起么？我要为你接风。明天一早，我们便一同动身到宫廷去。好兄弟，听我的话吧。我没有一个朋友像你这样可以信任。白鲁因熊，那个奸细！我怎么会与他同去？但是，兄弟，我明天一早一定会同你走的。"

点拨

列那狐故技重施，又开始了吹捧。

特保猫说道："最好我们现在就走。月光照得如同白昼，我从没有见过比今夜更好的天气。"

"不，好兄弟，夜间走路不大好，要犯疑[①]的。今夜还是住在这里吧。"

特保猫说道："我们住在这里，吃些什么呢？"

列那狐说道："这里吃的东西很少。你可以吃甜甜的蜂蜜。怎么样，特保，要别的么？"

特保猫答道："这我不要。你还有别的么？如果你给我一只肥老鼠，我就会更开心。"

列那狐说道："一只肥老鼠！好兄弟，是你说的么？这里近旁，住有一个牧师，他家里有一个谷仓，那里有许多老

①犯疑：起疑心，生疑虑。

鼠，拿一辆马车都载不下呢。我听牧师常常说，老鼠害他们不浅。”

“啊，好列那，引我到那里去，我一定尽力帮助你！”

点拨

形容老鼠的数量多，引得特保猫上当。

“哈，特保，你说真话么？你果真是这样地喜欢老鼠么？”

特保猫说道：“我爱老鼠比人给我的什么东西都甚些！鼠肉比什么都好吃。你领我去吧，以后什么都好商量。”

列那狐说道：“你同我开玩笑！”

特保猫说道：“天呀，我没有！”

列那狐说道：“特保，你开玩笑！”

特保猫说道：“列那，我实在没有。如果我有一只肥老鼠，便拿勋爵给我换，我也不肯。”

列那狐说道：“那么我们走吧，特保，我带你到那个地方去。”

点拨

列那狐多次确认特保猫的喜好，以保证计划能够顺利实施。

特保猫说道："列那，好的，我们这就走。"

于是，他们一同走到牧师的谷仓，仓的四周，围着泥墙。前一夜，列那狐曾从墙洞走进去，把牧师的一只肥鸡偷走了。牧师非常生气，在洞口布了一面罗网，要捉住他。这个恶贼列那狐，早就知道了这事。他对特保猫说道："特保兄弟，爬进洞去吧。捉老鼠的时间不要太久了。吃够了，就出来。我在洞外等候你。明天我们一同到宫廷去。特保，你为什么不进去？"

特保猫说道："列那，你叫我进洞么？如果牧师捉住我怎么办呢？"

列那狐说道："啊，特保！你怎么这样胆小？"

特保猫觉得羞愧，便跳进洞去了，恰巧被捉在网中。这就是狡狐列那招待他兄弟的待客之道。

特保猫被困在网中，十分害怕，他向前跳去，网也跟着往前。于是他吼叫起来，喧声①很大。

列那狐站在洞口之外，听见他的吼声，自己很得意，对他说道："特保，你喜欢你的老鼠么？肥不肥？牧师还会给你汤吃的。特保，你一边吃，一边唱，在宫中的习惯是那样的么？天呀，如果依赛格林在这里，受你同样的待遇，我才快活呢，因为他常常害我。"

特保猫逃不了，只是高声地咪叫着，惊得牧师醒了，他高叫道：

①喧声：喧闹的声音。

“谢天谢地，我的网已经捉住偷鸡贼了。起来，我们要惩戒他！”

牧师把家中的人都叫醒了，嚷(rǎng)道：“狐已经被捉住了！”

大家都奔到洞边，牧师的妻子端着蜡烛，牧师用大棒向特保猫没头没脑地打去，还把特保猫的一只眼挖去了。特保猫跳了起来，尽力咬了牧师一下，他大叫一声，向后倒了。他们手忙脚乱地把他抬起，然后放在床上。

狡狐列那，这时已经回到他的家了。特保猫见身旁无人，便趁此机会，把网咬开了一个大口，逃出洞外去了。他一颠一拐地跑到宫廷里去。这时天气很好，太阳光照耀在空中。他上了列那的大当，身体被打得不成样子，眼也瞎了一只。国王见了特保的情况，听了他的报告，更觉得震怒，立誓必把列那按律治罪。

点拨

国王派出的第二位使者也因为贪吃和轻信他人而任务失败。俗话说“前事不忘后事之师”，前人栽过的跟头，他并未吸取教训。

列那的外甥格令巴猪獾此时说道：“我的王，请您再差人去叫他一次来听审。如果他这一次再不来，那么他的罪恶便是真实的了。”

国王说道：“格令巴，你想让谁去叫他来呢？谁肯再牺牲了他的耳朵、他的眼睛或他的生命，去召这个凶兽来呢？我认为这里没有这样一个笨人了。”

格令巴说道：“老天保佑我，我就是这个笨人，我愿自己走一趟叫列那来。你能命令我去么？”

11. 第三次召唤

狮王说道："现在，去吧，格令巴，好好照顾你自己。列那又凶险又狡猾，你必须留意他。"

阅读任务

格令巴是列那狐的亲人，十分了解列那狐，边读边猜测他会以怎样的方式劝说列那狐呢？列那狐又是否愿意听从他的建议呢？

格令巴猪獾说："我一定会留意的。"

于是，格令巴猪獾向马里卜台堡去了。当他到了那个地方时，他见列那狐在家里，他的妻子爱美林夫人同几个幼子躺在暗隅[①]。

格令巴猪獾先对他的舅父舅母问好，然后对舅父列那狐说道："舅舅，大家在控告你，你不到庭是有损无益的。现在最好同我一起到宫廷去，不能再迟延了。控告的事件很多，这一次是第三次召唤了。

"我告诉你实话，如果你明天不去，便不会有什么好结果。三天之内，你的屋子便要被四面围起来，拷问机、绞架都要立在屋前。我说实话，你那时将不能逃命，便连你的妻子、孩子，也不能逃脱。

"国王说，他要将你全家都杀死。所以，你最好还是和我同到宫廷去。你那聪明的狡辩会使你有机会推翻一切

①暗隅：阴暗的角落。

的控辞，使你的仇人们含羞而去。你已做过许多比这次更严重的事了。”

列那狐答道：“你说得不错。我想最好还是和你同去。如果我到国王那里当面和他相见，和他说话，也许他会怜悯我。虽然我做了许多坏事，但是宫廷里不能没有我，那是国王很明白的。宫廷里最需要机警、聪明的咨议，而我就是最好的咨议。

典型形象

交代列那狐的身份，他也是王宫的大臣。不过他敢于与国王与其他权贵抗争，象征着西方中世纪具有抗争意识的新兴阶级。

“不过，宫廷里恨我的太多，我心里总未免有些忧愁，因为一群人会比一个人害我的力量大。但我最好还是和你同去。外甥，一人做事一人担，比老婆孩子一同受害总是好些。起来，我们走吧，我将忍受一切。”

列那狐对他的妻子爱美林夫人说道：“我把孩子们托付给你，你好好地照看他们。我最小的孩子尤其需要留心抚养。他十分像我，我也希望他能像我一样。如果上天保佑我逃命归来，我必定十分感谢你。”

于是，列那别了他的妻子而去。

唉，老天爷！爱美林是如何的忧苦呀！马里卜台堡的主人、粮食的供给者[①]走了，家中将要绝食了。

①粮食的供给者：指列那狐。

12. 列那的忏悔

列那狐和格令巴猪獾一同走了一会儿后，列那狐说道：“好外甥，我现在实在是恐惧，因为我这次去是冒着生命危险的。我很想忏悔我的罪恶。好外甥，我要对你忏悔。如果我忏悔了自己的罪过，我的灵魂也可以干净些。”

格令巴猪獾答道：“舅舅，你要忏悔自己的罪过，就需要先答应不再出去盗窃(qiè)东西。”

列那狐说，他愿意。“现在听呀，好外甥，我要说了。我忏悔以前所做的种种坏事，希望能因此赦罪。”

于是，列那狐便开始说道：“我曾侵害过无数的禽兽，尤其是白鲁因熊，我的叔父，使他的头全染了血；又叫特保猫去捉老鼠，却有意害他陷(xiàn)入罗网，被人打得浑身是伤；还大大地侵害张的克劳，把他的孩子吃去了许多。

“国王也不能除外，我曾污蔑他和王后许多次，他们从那之后永不能自己洗清污名。

“然而，上我的当最多的还是依赛格林狼，我简直数不清有多少次。我叫他‘叔叔’，其实不过骗骗他，他并不是我的亲族。

“在伊尔麦，我叫他扮成一个教士，我自己也扮了一个。我把他的足缚在钟绳上，叫他去学撞钟。他把钟撞得十分地响，街上的人都惊骇(hài)起来，不晓得钟楼上出了什么乱子，大家都跑了来。他几乎被他们打得死去。

“此后，我又叫他去捉鱼，他也因此受了不少打。

“我还引他到一个有钱的牧师家里去，这个牧师有一个储(chǔ)藏室，里面挂着许多块猪肉，我常常到那里去果腹①。在这个储藏室我曾挖有一个洞，我叫依赛格林爬进去，他在里面吃得太多了，腹胀大了，爬不出来。

> **你知道吗**
>
> 收集欧洲民间故事的《格林童话》中，也有同样的故事《狼和狐狸》。

“于是我跑到村中大嚷大叫，又跑到牧师那里，他正在桌上吃饭，在他面前有一块肥肉，我抢了它，便尽力地逃走了。牧师叫道：‘捉住那狐，杀死他！我想人们永远不会看见比这更奇怪的事。狐跑到我家里，从我桌上抢了

---

①果腹：吃饱肚子。

肉去，人类中哪里有这样勇敢的贼！’于是他拿起餐刀，向我掷来，但没有掷中。他跟了我来，叫道：‘捉住那狐，杀了他！’我在前面跑，他们在后面追，人愈追愈多，他们都想伤害我。

“我跑了许久，到了依赛格林所藏的地方，我把那块肉放下了，因为太重。然后，我从一个洞中逃出了。牧师追到这里，拾起肉来，看见依赛格林狼在那里，大叫道：‘来呀，朋友们，贼在这里了，是狼！他现在不能逃了！’大家都来了，打得他极重，还拿大石掷他。他晕倒如死。他们把他抬出村外，抛入了沟中。

“后来，我又引他到一个地方，说那里有七只雌鸡，一只雄鸡。旁有一个机关门。我对他说，如果他相信我，爬进这门，便可得许多肥鸡吃。依赛格林笑着爬进门，只爬进一点，说道：‘列那，你同我开玩笑，里面没有鸡。’

“我说：‘叔叔，你再爬进些，便可捉到了。要成功便需要劳力与冒险。’他再爬进，却跌落在陷阱（jǐng）中了。睡着的人听见响声，起来点烛照看。他们发现了他，把他打得半死。此外还有许多次类似的事，我也不能立刻都想出来。现在我已忏悔完了，替我赦罪吧。”

点拨

依赛格林狼多次被捉弄仍然不知防备，是他心中的贪婪在作祟。

格令巴猪獾是很机灵的，他从树上折下一根树枝，说道：“现在，你用这木棒在身上打三下，然后把它放在地上，直着腿，跳跃三次，再把它拾起，与之亲吻。如此，你今日以前所犯的罪过便都可得赦了，因为我已赦免了它们。”

列那狐很喜悦。

于是，格令巴猪獾又对他舅舅说道：“舅舅，以后你要做好事了。给予弱者以施舍，不再偷窃，不再欺骗人，那么，你便可被怜恤（xù）①。”

列那狐答应说，他可以这样做，于是他们一同向宫廷走去。

离正路不远，有一所女修道院，院门外有许多鹅呀、鸡呀在漫步。列那狐带着格令巴猪獾不走正路，而向修道院走去。列那狐看见一只小肥鸡离群走着，便去捉他，却被他逃走了。

格令巴猪獾说道：“怎么，舅舅，你做什么！你刚忏

①怜恤：怜悯。

悔过，怎么又要犯罪了？你应该痛改前非[①]。”

列那狐答道：“是的，外甥，我全忘记了！求上天宽恕我这一次，我以后不再这样做了。”

于是，他们回身走过一座小桥。然而列那狐还时时回头望着那家畜场，他始终不能改过。江山易改，本性难移，恐怕他在被绞死的时候，也无法忘记畜场里的“美食”。

格令巴猪獾看着他的样子，说道：“虚伪的人，你的双眼怎么时时望着畜场那边？”

点拨

就连亲人都看出了列那狐虚伪的忏悔。

直到走上了正路，列那狐才不再回头看。他们向宫廷走去。他们将到宫廷时，列那狐心里震跳得很厉害！

①痛改前非：彻底改正以前所犯的错误。

13. 控诉与辩白

在宫廷上的禽兽们，听见列那狐和他的外甥格令巴猪獾来了，大家便都在准备控告他的话。

列那狐同他的外甥走进宫廷，他看上去很镇定，毫不害怕，骄傲得如同王子，如同没有伤害过别人的君子一样。

> 点拨
>
> 列那狐内心震动，却在外表上强装镇定，为接下来的辩白做准备。

他走到国王面前，停住了，说道："亲爱的陛下！我是您最忠实的仆人，永远是最忠实的。但是，陛下，我知道在这个宫廷上有许多仇人要害我，但您不要相信这些谎话。他们这些狡猾虚伪的骗子，生来便是要谋害好人的。有一天，他们是会受到报复的。"

国王说道："静下来，列那，你这恶贼，奸臣！你的假话编得很好，但都没有用！"

张的克劳雄鸡不能再沉默了，叫道："唉！天呀，我受够了这个恶贼！"

国王道："你不要喊，张的克劳，让我来对付这个恶贼。你说你极敬爱我，这就是表现在我的那两个使者——可怜的特保猫及白鲁因熊的身上的么？他们至今身上还都是血。不必多说，你将以你的生命为你的这些恶行赎罪。"

列那狐说道："亲爱的王，白鲁因的头上都是血，与我有什么关系？那是他自己到兰特福家里去偷蜜吃，被他们打的。

“再有特保猫，我很客气地款待他。那是他自己不听我的话，去牧师家里偷老鼠吃，所以被打，又与我有什么关系？我什么罪也没有。你可以随便处罚我，我不能逃出你的权力之外，我们都在你的公正裁判之下。你是强而有力的，我是软弱的。如果你杀死了我，一定不会有人替我报仇的。”

这时，公羊与母羊站起来说道：“我的陛下，听我的控辞。”白鲁因熊和他的亲戚朋友也都站了起来。特保猫、依赛格林狼、克瓦兔以及野猪、骆驼、鹅、驴、牛、张的克劳鸡和母鸡及所有的孩子们，所有这些禽兽都大声喧叫，要国王把列那狐捉下定罪。

14. 狮王判死刑

于是，大家开了一次会，他们认为列那狐应被判处死刑。当他们控诉列那狐时，列那狐都巧舌如簧地为自己辩护。像列那狐那样聪明、机警而且善于言辞的，禽兽中恐怕没有第二个了。

他辩护的话，十分恳切动人，听的人都很诧异。但到了最后，国王与咨议大臣们下了判词，他们判决列那狐应处以死刑，用绳绞死。至此，他的狡辩与骗人的伎俩(jì liǎng)都无所展施了。判词一下，即须执行。他的外甥格令巴以及许多与他有关系的兽类，不忍见他被处死，都很悲戚地离开，退出宫廷了。

国王看见有许多哭着退出的禽兽，说道："虽然列那是狡恶的，但是他的亲人对他很好。"

点拨

亲人的不舍侧面反映了列那狐平日里温情的一面。

特保猫说道："白鲁因爵士，依赛格林爵士，你们为什么这样慢？现在快到黄昏了。这里有许多树丛、篱笆。如果他趁机脱逃了，我们便不容易再捉住他了。我们要去绞死他么？你们为什么站着不动？等到绞架造好，已经要晚上了。"

15. 临上绞刑架

依赛格林说道："如果我们有一条坚固的绞绳，就可以立刻把他结果[①]了。"

列那狐好久没有说话，这时对依赛格林说道："请减短我的痛苦。特保猫有一条坚固的绳子，这绳子是牧师家里的，曾捉住过他。他会爬树，爬得又快，让他把绳子挂好。我很忧愁，我活了这么长久。快一点，不要再拖延了。白鲁因，你在前引路。依赛格林，你紧紧地跟着，仔细监督着，千万不要让我逃走了。"

点拨

列那狐在快速思考破解之法，为自己谋求生路。

白鲁因熊说道："列那说的话，是最好的建议了。"

于是，他们立刻动身。依赛格林狼站在这边，白鲁因熊站在那边，他们引导列那狐到绞架上去。特保猫在前面跑，他去结绳。尊贵的国王与王后以及所有在宫廷上的人都跟在后面，去看列那的结局。

列那很害怕，心里在想：怎样才能救他自己，怎样才能欺骗那三个最希望他死的仇人而使他们受羞辱，怎样才能用谎话使国王帮助他反对他们。

他想了许久，自己暗说道："国王和许多禽兽都恨我，

①结果：将人杀死，多用于口语。

这是不可否认的，我理应受到惩罚。然而，不管国王如何有权力，他的左右[1]如何聪明，只要我一说话，我就会让自己成为高位者[2]。”

点拨

列那狐巧舌如簧，足见语言的效力和能量。

那时，依赛格林狼说道：“白鲁因爵士，现在你想想，因为列那，你的头受了严重的伤，我们这时应该报仇了。特保！快点爬上去，把绳子紧缚在树上，再打一个死结。白鲁因，紧紧地捉住他，不要让他逃走了。我要将梯子放好了，叫他走上去。”

白鲁因熊说道：“好的。我将好好地帮助他。”

列那狐说道：“现在我心里很恐惧，因为我看见死亡在我的眼前，我不能逃脱。我尊敬的国王，我亲爱的王后，还有站在这里的所有民众，在我离开这个世界之前，我想求你们一件事，我要在你们大众面前，公开忏悔我自己，把我的罪恶都说出来，这样我的愧疚和痛苦就可以减少一些！”

①左右：这里指近臣、随从。
②高位者：身份地位高的人。

16. 动听的谎言

人们听了列那狐这一席话，都很可怜他，一同向国王说，这只是一个小小的要求，不妨答应他。于是国王便答应了他。

列那狐很欢喜，希望结果可以好一点，于是说道："在这里的人，我差不多都伤害过他们。然而当我年幼时，我是最好的孩子之一。我后来去和众羊游戏，因为我有听见他们的悦耳的叫声。我和他们在一起很久，之后咬了一只羊，这是我第一次尝试捕猎，这种感觉很好。

点拨

列那狐忏悔的第一件事：吃掉小羊，从此开启了他欺凌弱小的捕猎生涯。

"以后我便开始吃肉，觉得很好吃，所以，后来我便到森林中去，听见有小羊的叫声，就猎捕了两只小羊。我开始很勇敢地做这些事了。我吃了鸡、鸭、鹅之类的动物，只要我能够找到他们，就会去追捕他们。

"之后，我更加凶残了，只要我能找到比我更弱小的东西，就会欺负他们。

"后来，我遇到了依赛格林，那时是冬天，他藏在一棵树下，他对我说，他是我的叔叔。我听了这话，便认他为亲属，我们成了同伴，至今我还很后悔。我们相约要互相坦诚相待、和睦相处。

"于是我们便开始一同游行。他偷大的东西，我偷小的东西，所

点拨

第二件事：在依赛格林狼的引诱下偷窃。

有的东西都平分，然而他总是得到最多，我还得不到应得的一半。当依赛格林捉得一头小牛、一只公羊时，他便同我生气了，把我驱逐开了，我的一份便也归了他。这还是小的事。

“但当我们运气很好，得到了一头牛时，他的妻子就会带七个孩子过来，于是我所得的不过是一段最小的肋骨。然而我并没有不满足，因为我有无数的金银珍宝，七辆车子都载不了。”

国王听到他说有许多金银珍宝，瞬间起了贪欲，问道：“列那，后来那金银怎么样了？告诉我。”

点拨

本性暴露，原来国王也是贪财之人。

列那狐说道：“我的王，我就是要告诉您的。金银幸亏被偷了。如果这些金银不被偷，您的生命便会有危险，您就会被奸人暗害！您要是死了，将会是世界上最大的损失。”

王后听了这话，十分恐惧，高声叫道：“啊，列那，你说什么？我请你公开说出这件大谋杀事件的真相，让大家都能听见！”

现在听列那狐怎样煽（shān）动国王与王后，赢得了他们的好感与爱意，且中伤了那些图谋置他于死地的仇人。他的谎话说得异常动听，好像那些事是真的，不是假的。

列那狐装出可怜的样子，对王后说道："我现在必须死了，但我很可怜陛下要被他自己的人所谋害。"

国王心里很忧郁，说道："列那，你对我说的是真话么？"

列那狐说道："是的，我快死了，难道还编谎话，让我灵魂再受苦么？"说到死字时，他故意浑身发抖，表示害怕。

王后很可怜他，要求国王叫大众静静地听列那狐说话。

于是，国王命令大众不得喧哗，听列那狐说话。

列那狐说道："你们现在都要静静的，那是国王的意思，我要公开地告诉你们这个叛谋了。我绝不会让那些有罪的得以逃脱。"

17. 宝藏的下落

现在听列那狐怎样编织谎话。他先叫他的外甥格令巴猪獾来，以便在要紧时可以帮助他。于是，他开始说道：“我亲爱的陛下，我父亲曾找到爱曼里克王埋在地坑中的宝藏，他得到这些财宝，便十分骄傲，蔑视他以前的同伴。

“他差特保猫到白鲁因熊那里，向他表示敬意，并说他如果要做国王，便请到法兰特来。白鲁因熊十分开心，因为他想得到这个高位！于是他便到法兰特来，我父亲很敬爱他。不久，他又叫了格令巴猪獾、依赛格林狼、特保猫来，他们到一个僻(pì)地①开会，商议了一夜。

点拨

列那狐把自己的仇人们编入故事里，使他们与国王之间产生嫌隙，进而瓦解国王对他们的信任。

①僻地：偏僻的地方。

“他们想要利用我父亲的财宝，谋杀国王。现在，请静听这个奇事！他们议决举白鲁因熊为国王。如果有谁想要反对，我父亲便可用财宝去取他们的性命。

“第二天清早，格令巴吃醉了酒，把这事告诉了他的妻子，叫她严守秘密。但她不能严守秘密，又把这事告诉了我的妻子，但要她立誓不告诉别人。但她却告诉了我，我至今守着这秘密。她说得很详细，我非常害怕，毛发都竖起来了，我的心重得如铅，冷得如冰，我知道白鲁因是狡猾、凶暴的，如果他做了王，我们就都要受苦了。

“我知道我尊贵的王，出身极高，又有力，又公正，又仁慈。我常常在想，一个尊贵有力的好狮王，换成一个凶恶的贼，那是如何的一个变迁！于是我时时想方设法破坏他们的计划。

“我常常祝愿着我们的王身体健康、长命百岁，但我很明白，那些财宝如果在我父亲手里，他们一班人便会用以推翻王室，我便决心要查出父亲藏宝的地方。我不管日夜、晴雨、寒热，时时暗中跟在父亲身后，要探出财宝的所在。

“有一次，我伏在地上，看见我父亲从一个洞中出来，他仔细地观察四周有没有人。然后，他便用沙把洞口掩盖住了，洞口与平地一样，一点儿也看不出异常。我等他走了，便跳到洞边，用手把沙扒出来，钻进洞去，发现洞中堆有无数的金银财宝。

点拨

列那狐刻意增加了细节，以增强故事的真实性。

“于是，我叫我的妻子爱美林帮助我，在夜间悄悄地把这些财宝搬到另一个地方，藏在一个深洞中。同时，我父亲与白鲁因、依赛格林正在进行他们的叛谋。我父亲到处招兵，允许先给一个月的俸(fèng)金[1]，帮助白鲁因举行起义。

“归来后，我父亲便到藏宝的地方去看，不料洞口大开，财宝已失。他又气又悲，自己上吊死了。于是白鲁因的逆谋便宣告结束。现在，我真是倒霉！奸贼依赛格林和白鲁因居然仍为大臣，与我的王坐在一起议事。而我呢，可怜的列那，却没人帮我，没人谢我！”

国王与王后想得到那些财宝，便追问列那把那些财宝藏到了什么地方。王后道：“列那，你说了，国王将赦免你的死罪，并且完全不追究你的过错。”

列那狐对王后说道：“亲爱的王后，如果国王相信我，肯赦我的一切前罪，那么，我就会把宝藏的位置告诉国王，使他成为一个自古以来最富有的国王。”

点拨

列那狐暴露了自己的目的。

国王道：“我的王后，你相信列那的话吗？不要理他，他生来就会偷盗说谎，这就是他的本性。”

王后道：“不，亲爱的，您现在可以相信他了。他以前虽坏，但现在已变了一个样子。”

国王道：“那么，照你的意思去做吧。如果他再欺骗我们，我现在立誓必要严厉地惩治他及其亲属。”

列那心里暗喜，说道：“我如果说谎，那真是太不聪

---

①俸金：指官吏的薪金。

明了。”

于是国王赦了列那以及他父亲的罪。列那这时心里异常快活。他被免了死罪，更不怕一切仇人了，他说道：“我亲爱的陛下及王后，感谢你们赦免我的罪过，你们将要成为世界上最富有的人了，我现在谨(jǐn)献上爱曼里克王所有的财宝给您。”

国王心里很快活，谢了列那狐。

列那狐心里暗暗发笑。他继续说道：“我的王，请您记好我的话！在法兰特的西边，有一座森林，名叫赫(hè)尔斯特洛，森林旁有条河名叫克里铿(kēng)辟。这是一片极大的荒地，财宝就藏在那里。请您记住地名克里铿辟。您到了克里铿辟，便会看到两棵赤杨树，树旁就是藏宝的坑洞。您可以在那里找到金块、银块，还有爱曼里克王生前所戴的王冠，如果白鲁因叛谋成功，这王冠便是他戴了。您还可以看见值钱的宝石镶(xiāng)在金饰中，值好几千金。陛下，您得了这么多财宝，心里便要常常地想：‘啊，你是如何的忠诚，列那狐，你真聪明，把财宝藏得这样好！’”

国王道：“列那勋爵，你必须和我们同去挖这宝藏，因为我不识路，我没有听过克里铿辟这个地名。”

列那道：“这个地名是真的，我应当叫一个证人来。”他便高声叫道：“克瓦兔，到国王面前来。”克瓦兔浑身发抖，列那道：“克瓦，你着了凉么？怎么发起抖来？不要怕！请你在国王、王后面前说真话。你说，克里铿辟在什么地方？”

克瓦兔说道：“我十二年前对这个地方非常熟悉。它在一座名叫赫尔斯特洛的森林之中。我在那里受过许多饥寒……”

点拨

列那狐的谎言得到进一步的证实。

列那狐道：“下去吧，国王要听的话已经够了。”克瓦兔便走了下去。

列那狐说道：“国王，我的话没有错吧？”

国王道：“不错的，列那，原谅我。我不应该不相信你。现在，列那，和我们一同去掘宝吧。”

列那狐说道：“与陛下同去是很光荣的。但我不能去！因为前不久依赛格林狼曾成为一名僧侣，因为食物太少，他觉得生活很苦，生了病。我很可怜他，便叫他逃走。因此，我违背了规则。我明天便要到罗马去请求赎(shú)罪，之后再到圣地去。”

国王道：“列那，我可以叫克瓦跟我一同到克里铿辟去，我劝你必须尽快摘掉这个罪名。”

列那狐说道：“是的，所以我必须尽快赶到罗马。我将日夜不休息，直到我的罪被赦免。”

国王道：“列那，我想你已变成一个好人了。希望你能够实现你的愿望。”

国王说完了话，便坐在一块大石头上，叫大众静默勿言，各按等级，在草地上坐成一圈。列那立在王后身旁。于是，国王说道：“在这里的大众都听着！犯了罪的列那应该被绞死，但现在因他很出力，我与王后赦免了他的罪，恢复其原官职。你们必须尊敬他及他的妻子。我也不愿再听到别人来控诉列那了。他明天要到罗马去请求赎罪，还要渡海到圣地去，直到他所有的罪都被赦免了才回家来。”

特塞林乌鸦听了这一席话，便跑到依赛格林狼、白鲁因熊及特保猫那里，说道：“你们这些不幸的人，还在这里做什么？列那狐被赦免了，且成了一个侍臣，在宫中很有势力。国王已经赦免了他所有的罪过。你们都被他害了。”

依赛格林狼说道：“这到底是怎么回事？特塞林你是在说谎吧？”

特塞林乌鸦说道：“我没有说谎，这是真事儿。”

于是，依赛格林狼与白鲁因熊都到国王那里去。特保猫十分谨慎，他不愿意再见列那狐。

动物座谈会

列那狐是怎么一步步让国王免除自己的死刑的呢？让我们一起来梳理一下吧。

起因：国王判处列那狐以死刑。

经过：列那狐提出迅速行刑，支开特保猫一行人→趁忏悔之际揭发依赛格林狼的劣迹，并编造珍宝被窃的故事→利用国王的贪欲，寻求赦免→以赎罪为借口脱身。

结果：列那狐被赦免，其他人感到费解或气愤或羞愧。

18. 两只狼皮靴

依赛格林狼骄傲地走到国王面前，很凶恶地骂着列那狐。国王听了大怒，下令把依赛格林狼与白鲁因熊都绑了起来。他们被绑得非常紧，整个晚上，他们的脚与手都动弹不得。

点拨

国王坚决惩治任何阻碍自己获得财富的人。

现在看列那狐怎么办！他恨他们。他设法向王后说，他动身时要用一尺长一尺宽的熊皮做背囊。他还要四只坚固的靴子，以便走远路。他对王后说道："我亲爱的王后，我现在是你的使者了。我的叔父依赛格林狼有四只靴子，恰好适合我用。我要他给我两只靴子，还有他的妻子，我的婶母，也要给我两只，她不大出门，没有靴子也不要紧。"

王后道："列那，这些靴子你是肯定需要的，因为你要爬山过岭。依赛格林和他妻子的靴子，正适合你用，又好又坚固。我叫他们每人给你两只，取下来虽然很痛，但也没有办法，因为朝陵(líng)①是要事。"

①朝陵：拜扫祭祀先王的陵墓。

19. 送列那朝陵

于是，这个虚伪的朝陵者从依赛格林狼那里取得了两只靴子。你看他取下靴子时，依赛格林是多么的痛苦呀！他不能动弹，脚上隐隐作痛。其次是他的夫人，她躺在草地上，满脸悲愁，她失去了两只后靴。

列那很高兴，讥嘲地对他的婶母说道："好婶母，因为我，你受了多少苦！我要穿了你的靴子，你将是我的朋友了，我如果被赦免罪，你也可以有福了。"

依赛格林狼的妻子气得一句话也说不出来。她最终说道："唉，列那，现在随你怎么说都可以，但我相信恶人终有恶报！"

依赛格林狼与他的伙伴白鲁因熊，一句话也不说，静默地躺着。他们很难过，因绳子捆得极紧，还受了伤。特保猫如果也在此地，便也会受些苦了，幸亏他机警，没有同来。

第二天，太阳升起时，列那狐把从依赛格林狼及他的妻子那里取来的靴子，用油抹了，穿在脚上，用带子绑住，走到国王及王后那里，以快乐的面目，对他们说道："高贵的国王与王后，我要走了，请求你们给我背囊和法杖。"

国王叫巴林羊给列那背囊及法杖，这背囊是以白鲁因熊的皮为囊面的。于是，列那狐要动身了。他向国王望着，好像不舍得离别，又似乎要哭出来的样子，好像心中真

点拨

列那狐再次上演"精湛的演技"，用他那红红的眼睛让国王相信他的真诚。

的难过。他想，不能延搁太久了，还是快走的好，因为他自知有罪。

国王道：“列那，我担心你时间不够，路上匆忙，你还是尽快动身为好，不必逗留。”

“陛下，是时候了，我必须走了，您一声令下，我就会离开。”

国王叫全宫的人都去送列那狐一程，只有依赛格林狼与白鲁因熊被紧缚在地上，不能走。列那心里暗笑，国王起初如此恨他，后来竟让他愚弄了。

列那道：“陛下，我请求您不要再送了。您那里还有两个奸臣被绑在地上呢。如果他们逃了，为害不浅！”于是他用后脚站起来，为一切大的小的禽兽祝福，他们也祝福他。

他快活地向克瓦兔及巴林羊说道：“朋友们，我们现在就分离么？我希望你们能陪我再走几段路。你们身份高贵，又和蔼可亲，我们一起走是最好不过的。”他说了好些欺骗的话，一直把他们引到他的住处，马里卜台堡那里。

点拨

列那狐又对克瓦兔和巴林羊施以甜言蜜语，他又有什么阴谋呢？

20. 向兔子复仇

当列那狐走到他家门前，他对巴林羊说道：“兄弟，请你等在这里，不要走开，我和克瓦要走进去。因为我想求克瓦帮忙安慰一下我的老婆和孩子。”

巴林羊道：“希望他的出现能够帮助到你的妻子和孩子们。”

列那骗了克瓦进去。他们看见爱美林夫人和她的孩子们躺在地上，神情十分焦灼（zhuó），怕列那受了死刑。可她竟又见他回来了，她十分欢喜。但当她看见他的背囊、棒子及靴子时，又觉得奇异，问道：“亲爱的列那，你怎么逃的？”

他道：“我被捉到宫廷，但国王放我离去。我必须去朝陵。我谢谢国王把克瓦给我们，可以随意处置。国王说，克瓦是第一个控告我们的人，我们可以复仇。”

克瓦兔听见这些话，怕了起来。他想要逃，又没有办法，因为列那狐正站在他与门的中间。列那狐把他的颈捉住。于是克瓦兔叫道：“救命呀，巴林，救命呀！你在哪里？他要杀我了！”但一会儿这声音便没有了。

他说道："现在我们一起吃掉这只肥兔吧。"小狐们也来了。他们有了一顿大餐，因为克瓦的身体很肥胖。爱美林吃得很开心，感谢那国王使他们如此快乐。列那狐道："你就尽量地吃吧。"她道："列那，你把你离开后发生的事情告诉我吧。"

"夫人，我骗了国王与王后，我与他们的交情并不深。如果他们知道了这事，必定都生气，会立刻捉我去绞死的。所以我们还是离开这里，偷偷地走到别的森林中去，无忧无虑地生活，我们就是住七年，他们也不会寻到。那里有许多美味的食物，如鹧鸪（zhè gū）、雉（zhì）鸡，以及许多别的野禽。有清溪，又有清新的空气。我们的生活会平稳、安逸且富有。因为我告诉国王有大量财宝在克里铿辟，但那里其实并没有。他如果知道自己被骗了，一定会非常生气。我不愿意再落在他手中了。"

爱美林夫人说道："列那，我劝你不要搬到别的地方去了。我们在那里一个朋友也没有。我们在这里，什么都有。你是这一地的主人，为什么要迁居到其他地方去呢？如果国王来捉，我们有许多旁路小径可以逃走，不怕他们来。"

列那听了她的劝告，道："是的，他如果逼我逼得太紧，我是要捉弄他的。如果他要求害，他便将得害。"

点拨

列那的每一次出手谋害都是对仇敌的反击。

现在，巴林羊因克瓦兔在洞中许久不出来，生起气来，高声叫道："出来，克瓦，列那为什么把你留在那里这么久？你快一点出来！我们走吧！”

列那狐听见他的话，走了出来，温和地对巴林羊说道：“亲爱的巴林，你为什么生气呢？克瓦正在和他的婶母说话。请你不要生气。他叫我告诉你先走，他会追来的，他比你跑得快。他还要与他婶母及她的孩子们耽搁一会儿，他们都在哭，因为我将要离开他们。”

巴林道：“克瓦怎么样了？我仿佛听见他喊救命。”

列那狐答道：“你说什么，巴林？你以为他有什么危险么？我来告诉你刚刚发生了什么吧：当我们走进屋内，我的妻子爱美林知道我要过海朝陵，便晕倒在地上。克瓦见了，大叫道：‘巴林，过来帮助我婶母，她晕倒了。’”

巴林羊道：“诚心地说，我知道克瓦有大危险。”

列那狐道：“这是不对的，如果克瓦在我家里受什么害，我的妻子便要受许多苦处了。”

21. 背囊的秘密

列那狐说道：“巴林，你不记得昨天国王命令我离开此地之前要给他两封信么？好兄弟，我求你把这两封信带去，它们已经写好了。”

巴林羊道：“我不知道这事。如果你的信写好了，还有装信的东西也准备好了，我可以把它们带去。”

列那狐道：“你可以有东西装信。我要把我的背囊给你，把送给国王的信放在里面。你会使国王感到高兴的。”

巴林答应把这两封信带去。

列那回到屋内，把背囊取出，放进克瓦的头颅(lú)，然后把这背囊交给巴林，要使他陷入危险。他把背囊挂在巴林颈上，再三嘱(zhǔ)咐道，如果他想要得国王的欢心，千万不要偷看背囊中的东西。

“如果你想让国王尊重你，喜爱你，你要说，这信是你自己代我写的，并说这信写得如何的好。然后你便可以得到国王的感谢了。”

巴林羊很高兴，他想国王会感谢他的，说道：“列那，我很知道你现在为我做的事。如果大家知道我能够把信写得很好，那我在宫廷中就会被重用，虽然我根本就不会写信。现在，你还有什么话要交代的吗，列那？克瓦兔和我一同到宫廷中去么？”

列那狐道：“不，他虽然很乐意跟你一起去，但他现在还不能出来，因为他正在和他婶母说话。你先走吧。我要对克瓦说秘密的事。”

巴林羊道：“再见，列那。”于是，他向宫廷走去。他急急忙忙地跑，一直跑到宫中，看见国王和大臣们都在朝中。国王看见熊皮做的背囊又被带回来，觉得奇怪。他问道：“巴林，你从什么地方来？列那在哪里？他为什么不把背囊带去？”

点拨

“急急忙忙”体现了巴林羊希望被重用的迫切心理。

巴林羊道：“陛下，我将告诉您一切事情。我随着列那到他家里，他问我可否带两封信给您。我说，给国王带信，即使是带七封我也乐意。于是他给我这个背囊，信就在囊中。这信是我写的，我还添加些意见在内。我想，您以前不会见过写得这样好的信。”

国王立刻命令他的秘书博卡读这封信，因为他懂得各种文字。特保猫和博卡从巴林颈上把背囊取下。

秘书博卡解开背囊，把克瓦的头颅取出，说道：“这是什么信！我的陛下，这是克瓦的头颅。”

国王道：“唉，我总是相信这狐！”大家可以知道国王和王后是如何的懊(ào)丧。国王生气得把头低下，想了许久，不禁大叫了一声，所有的禽兽听到这叫声都惊怕起来。

勋爵菲拉辟豹和国王有些亲谊，这时，他说道：“我的王，怎么叫得这样响！您怎么这样沮丧！不要自苦了，好好想想吧。这是莫大的耻辱。您不是这个地方的主人与王么？这里的人不是全在您之下么？”

国王道：“菲拉辟勋爵，我怎么能忍得下这口气呢？一个狡贼与骗子欺哄了我，竟使我对不住我的朋友白鲁因熊与依赛格林狼。我十分懊悔。我疏远了最好的大臣们，反去信任了一个狡狐，这真与我的威信有关。我的妻子也不好，她那样地求我，我听了她的话，我现在就算是后悔也太迟了。”

菲拉辟豹道：“陛下，事情虽然做错了，但现在还可以补救。我们可以把白鲁因的皮囊及依赛格林与他妻子的靴子还给他们。巴林羊还在那里呢，他刚刚已经承认他也参与了杀害克瓦一事，那么他就要偿命。到时候我们再全都去捉列那，把他捉住了绞死，不必再审判。那不是什么都满足了么？”

点拨

可怜的巴林羊因为贪功冒进，被扣上了杀害兔子的罪名，丢掉了性命。

22. 安抚熊与狼

国王道："就依你的话去做吧。"

于是，菲拉辟豹到狱(yù)中释放了白鲁因熊及依赛格林狼，对他们说："勋爵们，国王叫我放了你们，陛下的爱与友谊仍在你们身上，他很懊悔，很自责对你们的伤害，他愿意补偿你们。

"他把巴林羊及他的亲属送给你们，从此以后，你们遇见他们，不管在哪里，都可以吞吃他们，不必顾虑。他还允许你们去猎捉列那及他所有的亲属，可以随意报仇。"

菲拉辟豹的一席话，恢复了国王和白鲁因熊、依赛格林狼的感情。只苦了巴林羊及他的亲属，他失了外套，失了生命，以后狼属还有吞吃他亲属的特权。到了现在，巴林的亲属还是被吞吃。

点拨

巧妙利用了狼吃羊的自然现象，让故事合情又合理。

为了抚慰白鲁因熊与依赛格林狼，国王和大臣们大宴了十二天，这个和解使他十分高兴。

23. 群兽的宴会

因为国王派人通知到了国内各地，所有的兽类都来到了这个大宴会，群兽的快乐与高兴是向来少见的。他们跳舞歌乐。国王又给了许多的食物，大家都吃得非常饱。

国内所有的兽类都到了这里，还有许多飞鸟也飞了过来。只有列那狐，那个红眼睛的假的朝陵者，他躺在家里想做坏事，他认为他到这里来是有害无益的，所以不敢来。到处都是食物与酒，快乐的游戏一刻都没有暂停。宴会中充满了喜悦。

第八日的中午，拉卜里大兔走到国王面前，国王正

与王后坐在一处。拉卜里大兔悲苦地说道："我的王，请您可怜我，听我的控告。昨天早晨，列那几乎杀了我。昨天，我正要走过他的家马里卜台，他站在门外，我想和和平平地经过他身旁，到这里来赴宴。

"但他看见我来了，迎面挡住我，不说一句话，伸出左手，打在我的颈上，我以为我的头颅要落下了。但我比较幸运，竟然可以逃命，痛苦地从他爪下逃出，失去了一只耳朵，头上还有四个大洞，那是他的尖锐的爪印，血流了出来，我几乎要晕倒。为了活着，我不得不忍痛飞逃，他追不上我。

"看，陛下，这是他用利爪抓伤我的疤痕！我求您可怜我，惩罚这个虚伪的奸臣与谋杀者，不然，恐怕没有动物能够平安经过那里。"

24. 夏比的羽毛

拉卜里大兔的话才说完，柯班特乌鸦就飞进来，站在国王面前，说道：“亲爱的王，请听我的陈述！我要向您揭露列那的罪状。

“我今天早上和我的妻子夏比一同到草地上散心，列那躺在地上，好像一个死物。他的眼珠定着，舌头长长地挂在嘴边，好像一只已死的猎狗。

“我们走近，碰碰他的嘴，觉得他没有了生气。于是我的妻子走上去，把她的耳朵放在他嘴边，去听听他有没有呼吸，她因此遭受了厄运。因为这个凶残的狡狐，正在等待他的时机。当他看见夏比如此接近他，他便把她的头咬住，我的妻子遭遇了不测。

“我见了，又悲又怒，大叫道：‘不好了！不好了！

做什么？’他立刻站了起来，向我走来。我怕被杀，浑身战栗着，飞到一棵树上停下，远远地看这个恶贼把夏比吞吃了，连一根骨头也没留下，只有几根羽毛散落在地上。他看起来非常饿，好像两只鸟也可以吃得下。吃完他便走开了。

“我悲戚地飞下来，把羽毛集拢，现在带到这里给您看。我生平没有受过这样的痛苦与惊恐。我的陛下，您看这是多么可怜的人啊！这些是我爱人夏比的羽毛！

“我尊敬的王，如果您要维护尊严，您必须对此事有公平的裁判，将恶贼绳之以法，使大家都敬畏您，不然，您的地位将不保。因为国王不公平，不惩罚盗贼，任他们胡作非为，最终大家乱作一团，人人都要称王了。我的陛下，请您留意。”

点拨

乌鸦柯班特警告狮王不惩罚列那狐的严重后果。

25. 狮王的暴怒

高贵的国王听了拉卜里大兔与柯班特乌鸦的控辞，十分生气，气得眼睛如火般照耀，样貌很可怕。他高声地吼叫起来，所有宫廷上的人都怕得发抖了。

后来，他叫道："我以皇冠立誓，不能忍受这个狡贼的戏弄！我的安全、我的命令都被破坏了，我被他愚弄，我竟信了这个狡贼。他用虚伪的假话，哄骗了我。他告诉我他要到罗马，从那里过海到圣地去。我给他背囊及法杖，使他为一个朝陵者，我以为他说的都是真的。

"唉！他真狡恶！但这都是因为我的王后，都是她劝我的。我竟听了她的话！我恳求，我命令：所有忠于我的，要与我为友的，不管他们在这里或不在这里，都要以其智或力帮助我复仇。我们捉住了他，便不再会受骗受害了。"

点拨

国王没有担当，将一切过错推给了王后。

依赛格林狼及白鲁因熊听了国王的话，十分希望能向列那狐复仇，但他们不敢说一句话。

国王是这样的生气，没有一个人敢开口。

后来，王后说道："不要轻信任何一个人，也不要太生气，须等明白了一切之后再做定夺。我本以为列那改好了，不再骗人了，所以我尽力地帮助他。但我认为不管他是好还是坏，您为保存威信，都不应该太匆促地反对他，那是不公平的，因为他不能逃出您的手掌心。您可以囚他、杀他，他必须服从您的审判。”

菲拉辟豹说道：“我的王，我想王后的话是对的，您听她的话吧。如果列那如大家所指控的那样有罪的话，您便按律治他。”

依赛格林狼道：“菲拉辟勋爵，我们的意见与你一样。列那现在如果在这里，即使他能把所有的罪都洗清，我也要取他的命；可惜他现在不在这里，我只好不说什么话。

“然而在一切事之上的是，他曾告诉国王说有无数财宝埋在克里铿辟。这是一个空前[1]的大谎，他因此害了我们，使我和白鲁因熊受了大苦。我敢以性命为赌，他说的没有一个字是真实的。国王的使者已经通知他了，他要来，便可以到这里来了。”

国王道：“我们不去叫他来了。我命令所有服从我的，在六日之后，预备开战，所有弓箭手、步兵、马兵等，带着弓箭枪炮，都到马里卜台堡，把他围困起来。我以国王的名义发誓，我一定要毁灭了列那狐。你们大家的意见如何？你们愿意这样做吗？”

思辨

列那狐难以违背自己贪婪凶残的本性，毫无愧疚地再次成为一个加害者，这是列那狐可恶的一面。然而国王听了动物们的控告，不调查便讨伐，也再次展现了狮王的暴虐蛮横。

他们全都喊道：“我的王，您要如何，我们便拥护您、追随您！”

①空前：以前所没有。

26. 外甥来报信

格令巴猪獾——列那的外甥听见了这些话。他又着急又气愤，立刻由大路向马里卜台奔去。他不管丛林，不管篱笆，都飞越过去，跑得满身是汗。

他替他的红眼睛的舅舅列那着急，他一边跑，一边自言自语："唉，你是多么危险呀！你的结果如何！难道让我看着你被处死，或被逐出国外吗？我实在焦急。你是我们亲戚中的头领，你善于计谋。你的朋友有急难时，你都肯帮助他们。你善于设辩[①]，你一说话便征服了一切。"

格令巴这样匆促地到马里卜台，看见他的舅舅列那站在那里，他得了两只鸽子，正准备提回家去，这两只鸽子是第一次出巢学飞，因为羽毛未丰，便跌落在地上，列那正出来找食物，所以便捉住他们。

当他见格令巴走来，便道："欢迎，我最爱的甥儿[②]。你跑得太快了，浑身都是汗。是有什么大事吗？"

格令巴道："舅舅，不得了了，你将有失去生命

①设辩：运用辩说之辞。
②甥儿：外甥，侄子。

的危险！国王立誓要杀死你。他命令他所有的部下于六日内都到这里来。弓手、步兵、马兵、乘车的兵，带着弓箭枪炮等，还带有火把呢。你一定要留心，他们要捉住你。依赛格林和白鲁因现在在国王身边，比我和你之间还亲近，他们的话国王也都听。依赛格林使大家相信你是一个贼，一个谋杀犯。拉卜里大兔和柯班特乌鸦也在控告你。我怕你有生命危险，因太过忧心而生病了。”

列那狐道：“呸！好甥儿，此外没有别的事了么？你便这样怕么？勇敢些，放宽心肠。即使国王及全宫廷的人都要我死，我也能设计打胜他们。宫中不能没有我。”

点拨

列那狐并不在意国王的围剿，他为何如此自信从容呢？

27. 主动去宫廷

“好甥儿，不必挂念这些事，进这里来，看我给你什么好东西——一对肥鸽！我最爱此物，他们味道极好。

“我妻子很喜欢见你，但不要告诉她这件事，我怕她过于担心我。明天清早，我将和你同到宫廷去，我要以巧辩制服他们。外甥，你能帮助我吗？”

格令巴道：“自然的，舅舅，我所有的财产任你使用。”

列那狐道：“谢谢你，外甥！如果我生还，我要偿还你的。”

格令巴道：“舅舅，你到了大家面前，要多为自己辩驳。你在说话之时，他们是不会捉你的。王后和菲拉辟豹都如此主张。”

列那狐道：“如此，我很高兴。这样，我可以一点也不必在意他们了，我一定会救出我自己的。”

他们不再说话，走进洞中，见爱美林和她的孩子们正坐着，她看见他们来了，便立刻起来迎接。格令巴猪獾问了舅母及表弟妹们好。列那带来的两只肥鸽子被做成了一顿晚餐。

列那狐道：“好甥儿，你喜欢我的孩子洛赛尔和列那定吗？他们为我们家族增光。他们已经很能干了。他们都曾捉住过小鸡，还知道怎样扑在水中去追捕鹅和鸭。我常叫他们去打猎，不过我先教他们逃避罗网、猎人及猎狗的方法。他们捉捕得极敏捷(jié)，我十分喜欢。”

格令巴道：“舅舅，你有聪明的孩子，可以高兴了，我也很高兴，因为他们也是我的亲人。”

列那狐道：“格令巴，你流过汗，很疲倦了。现在应该休息了。”

“舅舅，我也觉得可以睡了。”于是，他们便躺在草床上。列那狐，列那狐的妻子、孩子全都去睡了。但是列那狐心里很忧愁，叹着气，细想他应该怎样为自己辩解。

第二天清早，他离了他的家，和格令巴一同走了。临走之前，他先与他的妻子爱美林告别，说道：“我必须和外甥格令巴一同到宫廷里去。如果我耽搁了几天还没有回来，你不要怕。如果你听得什么坏消息，不要轻信它。你自己保重，好好地看管着家。我在那里会随机应变，尽我所能的。”

她说道：“唉，列那，你为什么又要到宫廷去了，上一次你到那里几乎送了性命，你还说将不再回来。”

列那狐道：“夫人，世上的事情是很奇异的，它的进行常与预料相反。有许多人想着要得一件东西，而这件东西却是他必定得不到的。我现在必须到那里去。请宽心不要怕。我希望最迟在五天之内可以再回家。”

任务

列那狐总结了自己新做下的八件坏事。你能将它们圈画出来吗？

于是，他离了家，与格令巴同向宫廷走去。一路上，列那说道：“外甥，我又做了许多狡诈之事。我现在告诉你这一切：我使白鲁因熊受了重创，我把他的皮毛做成了一个背囊；还叫依赛格林狼和他的妻子都失去了一双靴子；我用大谎话哄骗国王，告诉他说，依赛格林狼和白鲁因熊要反叛，想谋杀他，我因此使国王大大地怨恨他们，实则这是冤枉的。

“我还告诉国王，有一批大财宝埋在克里铿辟，可以使他大富，实则这也是谎话；我叫巴林羊和克瓦兔和我同走，杀了克瓦，把他的头颅给巴林，骗他带给国王；我抓住拉卜里大兔的头，几乎杀死了他，幸亏他拼死逃走了；柯班特乌鸦控告的事也是真的，我把他的妻子夏比给吃了。

“还有一件事，我上次忘了对你说。我曾和依赛格林狼同走，看见一匹红马，带了一匹黑色的小驹（jū）①，只有四个月大小，又好又肥。依赛格林饿得快死，恳求我到马那里，

①驹：两岁以下的马，也指少壮的马。

问他这个小驹卖不卖。

“我奔到马身边，问他这事。他说要有现钱才卖。

“我问他要卖多少钱。

“他说道：‘价钱写在我的后蹄上。如果你认得字，能够看得出，你便来看吧。’

“于是，我猜出了他的心思，我说道：‘不，我不认得字，我也不想买你的孩子，依赛格林叫我到这里来，要问多少价钱。’

“马道：‘那么，让他自己到这里来，我要叫他得些知识。’

“我说道：‘好的。’于是奔到依赛格林那里，说道：‘叔叔，你要买这匹小驹，他说价钱已写在他的蹄子上。他要我去看，但我不认得字，我很后悔自己没有上过学。叔叔，你要吃这头小驹吗？如果你认得字，便可以去买了。’

“‘啊，侄儿，我很擅(shàn)长做这种事。我懂得法文、拉丁文、英文及荷兰文。我到过渥(wò)斯福的学校。我要到他那里，看看这小驹的价钱。’他叫我等候他，他奔到马那里，问马是否要卖这小驹。马道：‘价钱已写在我的蹄子上。’他道：‘让我看看。’马道：‘好的。’马抬起他的蹄子，正好踢在依赛格林的头上，马蹄铁是新换的，还钉有六根尖钉，依赛格林被踢倒在地上，好像已死去。马领了小驹离去，依赛格林带着重伤躺着，在地上痛苦地呻吟着。

你知道吗

过去，欧洲贵族会以习得各种语言为荣。这里讽刺的便是这类贵族。

"于是，我走近说道：'依赛格林勋爵，好叔叔，你现在怎么样了？你把小驹肉吃够了吗？为什么不给我一点？我为你传过话。你是不是吃饱喝足了就睡着了？我求你告诉我，马蹄上写的是什么？是散文还是韵文？我很想知道。我认为那必是一首诗，因为我远远地就听见你在唱——你极博学，没有人读书比你读得更好些。'

"'唉，列那，唉！'依赛格林狼道，'我求你不要再开玩笑了。我这样受伤，即使是铁石心肠的人也要可怜我！我看他的字，不料他踢了我一下，头上有六处伤。这样的文字，我永远不想再读了。''好叔叔，你告诉我的是真话吗？我很惊异，我以为你是当代最博学的文人之一！现在我才晓得古语说得好，最好的文人，不必是最聪明的人。他们不聪明的原因就在于研究知识及科学太多了，因此变成了愚人。'这就是我害得依赛格林几乎要受伤而死的一件事。

思辨

列那狐认为文人太过依赖知识，但缺乏生活经验，就像狼这样容易上当，你认同它的观点吗？

"好甥儿，现在我已把我所能记得住的罪过都说出来了。即使宫廷上有什么失败——我知道这是不会有的，我现在已经无所畏惧。我很喜欢要你助我忏悔。"

格令巴猪獾道："你害的人太多了，但我可以为你赦罪。只是你把克瓦的头颅送到宫廷这件事，使国王十分气愤，舅舅，这实在是太可恶了。"

列那狐道："什么，好甥儿！你不知道践行'举世皆浊我独清[①]'有多难，我有时觉得我应该与其他动物和平相处，我应该与人为善，我要做合法的事情。

“然而，内心的理性与外来的欲望要如何争斗呢？有时我想一定要洗脱诸罪，努力为善，但这不过是独居时所想罢了。隔了瞬刻[②]，我步入社会，便觉得我的路上有许多石块。我能看到为虎作伥的官员、自私自利的恶人，还有伪善邪恶的僧侣，这时欲望就会把我吞噬，于是我就失去了我的一切善念与计划。

点拨

此处借列那狐之口揭示当时欧洲社会乌烟瘴气的环境以及由此带来的恶劣影响。

“我听见那里在唱，在吹笛，在笑，在游戏，一切都是快乐的。我听见那些官员所说的，与他们所想的、所做的全然不同。于是我也学着说谎。谎话在国王的宫中最流行，爵主、贵妇、教士、文人都在说谎。现在人们是不敢向爵主们说真话了。我必须也哄骗说谎，不然，便不能在门内坐着了。

“好甥儿，因此，现在的人必须到处说谎、哄骗，寻求每个人的弱点。但我所主张的不过是人们在小事情上需要说些谎，因为永远说真话的人，他在现在的世界上寸步难行。一个常说真话的人，他的路上就会有许多阻碍。

“当必要时，人不妨说谎，待以后再补救。怀着怜悯

①举世皆浊我独清：出自《楚辞·渔父》，这句话的意思是整个世界都是污浊不堪的，只有我自己是清白的。
②瞬刻：瞬间，片刻。

之心去杀害别人。最聪明的人有时也会成为一个愚人。”

格令巴猪獾道：“舅舅，你的理由已在我所能懂的范围以外了。你知道一切世态人情，没有人能与你相提并论。”

他们说着，已走进宫廷了。列那狐心里有些害怕。格令巴猪獾道：“舅舅，不要怕，镇定地应对一切！机会会帮助勇敢的人的。”

列那狐道：“甥儿，你的话是对的。谢谢你安慰了我！”

他向前走，眼光闪烁地向四处看，好像说：“你们要怎么样？我来了！”他看见有好些他的同类以及跟他要好的人站在那里。

列那狐走了进去，在国王面前跪下，开始说话。

28. 狐颠倒黑白

“我亲爱的陛下与王后，希望你们明察秋毫，知道谁是对的，谁是错的。因为世界上有许多人，他们的内心与外表是毫不相同的。要是人们的想法能够被窥（kuī）视到就好了。

“我现在控诉那些恶贼，他们使我受了许多苦。但我愿你们，我的陛下与王后，不要相信他们捏造的那些谎话，你们是聪明正直的，我知道你们是不会相信他们的。

“有罪的人和说谎的人必然会受到惩罚。人们在我离开宫廷之前，将十分明白我是什么样的人。我不会说好听的假话，只能心里有什么嘴里就说什么。”

所有在宫殿上的人都沉默着，列那狐的话说得如此刚强，以至于他们都被震惊到了。

国王道："哈，列那，你真会哄骗人！但你的巧辩却不能帮助你。我已经仔细想过，你所做的事，在今天必须受到惩罚。我不同你辩驳，我将减短你的痛苦。你说你爱我们？难道你对待兔子和乌鸦的样子，就是你所谓爱我们的样子吗？你的谎话是不能推迟你的死期的。'多行不义必自毙(bì)①。'我想，现在是你受报应的时候了。"

列那狐听了这些话，十分恐惧。他后悔来了这里。然而他想，无论如何，他都必须把讼(sòng)事②洗刷清楚。

他道："我的王，请您听完我的话。虽然我被判定了死刑，但您应该再听一听我的发言。我以前为您谋划了许多计策，做了许多事，在别人躲避着您的时候，我都在您身边。如果现在恶兽们用假事控告我，我又不能得到您的宽恕，那么我还能不辩诉吗？您应该顾念昔日的情谊的。

"我见这里有许多我的同宗和朋友，他们心里都很忧愁。我的王，却不公平地要杀我。如果您杀了我，那么您便失掉您国内最忠诚的仆人了。你们想想看，如果我真的有罪，或有对不起人的地方，我怎么肯来到大庭广众之下面对我的所有仇人呢？不，陛下，不！我以生命起誓，我绝不会这样做！因为我是自由的，无罪的！

"我知道自己是一点罪也没有的，所以我敢光明正大地到这里回答一切人对我的控诉。但当格令巴把这些消息

---

①多行不义必自毙：不义的事情干多了，必然会自取灭亡。
②讼事：诉讼之事，案子。

告诉我时，我很难过，不知怎么办才好。恰好我遇到了我的叔父米尔丁猴。他见我愁眉不展，便道：‘好侄儿，我觉得你不大舒服。有什么事，应该叫朋友们知道，真正的好朋友是能够帮助你摆脱逆境的。’

“我道：‘好叔叔，我现在有很大的苦难，这是我不应该受的。这事因一个朋友而起——拉卜里大兔。他昨天清早到我这里来，那时我正坐在门外。他告诉我，他要到宫廷里去，他向我问好，我也向他问好。’

“于是，他对我说道：‘好列那，我是又倦又饿，你有什么吃的吗？’

“我道：‘是的，有的，你来吧。’

“于是我给他一对圆面包，还涂上牛油。那天是礼拜三，是我不吃肉的日子。他吃完了，我的最小的孩子洛赛尔要把剩下的拿去。你知道，小孩子总是贪嘴的。不料拉卜里大兔咬了他一口，他出血了，晕倒在地。我的大孩子列那定见了，跳过来把拉卜里大兔的头捉住，如果我不赶快去救他，他几乎要被杀死了。

> **点拨**
>
> 列那狐回应大兔的控诉，将自己伪装成受害者。

“我帮助他走开了，还把孩子打了一顿，不料拉卜里大兔却到国王那里，控告我要谋害他。看，叔叔，这就是他们说我有罪的一件事。

“此事之后，柯班特乌鸦来了，他悲鸣着飞来。我问他发生了什么事。他说道：‘唉，我的妻子死了！那边有

一只死兔，浑身都生了虫，她吃得太多了，虫把她的喉管弄断了。’

“我问他这事究竟是怎么发生的。他不再说一句话，又飞走了。现在他却说我咬了他的妻子，杀了她。她是在天空中飞的，我是在地上走的，我怎么会走近她呢？好叔叔，我真是太冤枉了！我真不快活！

“叔叔对我说道：‘侄儿，你到宫殿上去，求国王的原谅。’

“‘不，叔叔，我不能去，因为他们肯定要责罚我。这事是由依赛格林狼引起的。他要恢复自由的生活，我听了他的话，很可怜他，于是我帮助他出来。我现在很后悔，因为他反过来竭力陷害我，真是以怨报德。

“‘叔叔，我已经身处绝境。因为我必须到罗马去求赦罪，我去了之后，我的妻子和儿女恐怕会受害无穷。那些妒忌我的恶兽肯定会竭力地迫害他们。如果我能到宫廷去澄清一切，便可保护他们了，但我又不敢去。’

“叔叔道：‘不，不要怕。我可以帮助你，我知道去罗马的路。我会替你去的。我还要带些钱去，有了钱便会办得更妥。侄儿，不要愁！

我明天就去，一直到罗马。你呢，到宫里去，立刻去。你所有的罪，我都替你承担下来。

“‘你到了宫中的时候，会遇见我的妻子绿克娜、她的两个姐妹和我的三个孩子，还有许多亲友。我的妻子很乐于帮助人。如果你的事不妙，立刻派人到罗马告诉我，我还有救你的办法。所以，侄儿，你为我向国王请求，让他为你秉(bǐng)持公道。我知道他不会拒绝你的。’

“我亲爱的陛下，当我听见这些话，我笑了。我十分高兴能到这里来，告诉您所有的事。如果有人在这里能以充分的证据控告我，那么，我便认罪。如果他不能如此，那么，可以定好日子，定好地方，我们可以相见于决斗场上。谁能以腕力得胜，那便有机会获得好名声。这个规矩尚且存在，不能因我而破坏。法律与公义是不会冤枉人的。”

> **点拨** 这一段精彩的自述，为后文埋下伏笔。

所有的禽兽，无论穷的富的，都沉默着，听列那狐这一席好像理直气壮的话。拉卜里大兔和柯班特乌鸦是十二分地害怕起来，他们不敢说话，都迅速地离开了宫殿。

当他们俩到了远处的平原才说道：“为什么连上天都帮助这个恶贼作恶！他能隐藏他虚假的谎言，说起来好像真的，这些事只有我们知道，我们怎么会有证人呢？我们最好先躲着他，不要和他斗。他很凶残，就算是有五个我，也不能保护自己。”

依赛格林狼和白鲁因熊见他们两个离开了宫殿，心里很忧愁。

国王说道："如果有人要控告列那狐，他可以站出来。昨天到这里来控诉他的人有那么多，现在列那在这里了，他们反而到哪里去了呢？"

列那狐道："我的王，有许多控诉的人，而他们见了他们的仇人却沉默了，不控诉了。现在看拉卜里大兔和柯班特乌鸦，他们于我不在这里时向您控告我。现在我来了，他们却逃走了，不敢再说一句话。

"人们要是相信了说谎的恶贼，那么好人是要受许多伤害的。至于我，却不要紧。然而，亲爱的陛下，如果您命令他们向我道歉，那么，不管他们如何害我，我都可以看在您的面子上原谅他们。我不恨，也不控告我的仇人们。但是，俗话说得好：'人在做，天在看。'总有一天他们会受到报应的。"

国王道："列那，我想，你说你很难过。你以为事情会这样不了了之吗？不，我必须说我受的伤害，这足以使你命丧黄泉了。当我把你的所有罪过都赦免了的时候，你答应渡海去朝陵，所以我给了你背囊和法杖，然而你却做了一件凶暴可耻的大事。

"你叫巴林羊把装了克瓦头颅的背囊送还给我。你做的这事是否得算一个大罪？你怎么敢给我这样的一个羞辱？把仆人的头颅送给一个主人，这是不是恶作剧？这件事情你百口莫辩，因为巴林羊已经把这事的因果都说出来了，他把这信带给我们时，已得了那样的报复，你也将面临同样的结果，不然，就要有失公道了！”

这时，列那被吓住了，他不知道该说什么话。他已黔（qián）驴技穷了，很可怜地望着四周，见他的许多亲友都不说一句话。他整个脸都变白了，但没有一个人肯帮助他，没有人站出来为他求情。

点拨

列那的罪状，众兽亲眼所见，他辩无可辩。而在暴虐的国王面前，列那的亲友不敢轻易出言相劝。

国王说道：“你这恶贼！你这谎徒！为什么不说话了？”

列那狐十分恐惧地站在那里，重重地叹着气，大家都能听见。但是依赛格林狼与白鲁因熊很开心。

29. 婶母的辩护

母猴绿克娜——列那的婶母，这会儿有点不太高兴。她是王后眼前的红人，亏得有她在这里，因为她极机敏，又会说话。无论她到什么地方，每个人都喜欢她。

她说道："陛下，当您审判时，不应该发怒，这是有损于您的尊严的。一个王坐在至高无上的宝座上，应该有周密的思虑。我很了解法律和公道，也知道如何应用它。

"西尼加[①]说：'王在任何事情上都应有正义与法律，他将不会再责备那给予在正义和法律之上的他所保护的人。'每个在这里的人都应自己反省，可怜列那。让每个人知道他自己，那是我的劝告。

"没有一个人能永久站得稳，他有时是要滑倒或跌落的。一生没有做过坏事的是圣人，是善人，不必再去纠正他了。当一个人做了错事，后来被劝改过自新了，那就是对的，是值得鼓励的。但常做坏事而毫无悔意，那才是恶魔。

"圣人说过：'你要怜悯。'还有一句话：'做人留一线，他日好相见。'法利赛人[②]带了一个犯了错被捉住的妇人，要把她用石块打死。他们问他们的陛下有没有什么要指示

---

①西尼加：Lucius Annaeus Seneca，也被翻译成"塞涅卡"。生活在约公元前4年—公元65年，古罗马哲学家。代表作品有《道德书简》《美狄亚》《俄狄浦斯》《阿伽门农》。

②法利赛人：译自希腊语Pharisaios，原意为"分离者"。西方文学中常用来指伪君子。

的。他说道：‘你们当中如果有无罪的人，请他抛第一块石块。’于是每个人都走开了，只剩下那妇人站在那里。

点拨

绿克娜引用故事，说明人都会犯错的道理，这是她为列那脱罪的第一个理由：人应该获得一次改过自新的机会。

“这里也是如此。许多人都会看见别人的错误，却对自己的错误视而不见。许多人都会评判别人，而他自己却是那一群人中最坏的人。人虽然常跌落，最后却站起来请求宽恕。

“人们虽然知道某人做错了事，却不会责备他，而是让他看见自己的过失，然后他就可以自己先改过，于是我的侄儿列那将不会在恶人的行列中了，因为他的祖先在这个宫廷中比依赛格林或白鲁因的家族都更受信任和重用。

“这里有一个很不同的对比，我的侄儿列那很机敏，得了许多光荣与名誉，并且提了很多建议，但是其他人却并没有这么聪慧。我想这个宫廷是倒置了。那些恶贼、骗子、会说谎的人，都爬上去被王与王后所重用，至于好的、忠诚的、聪明的人都被抛弃了。我不认为这种情形能够持久。”

点拨

理由二：列那聪慧机敏，对国王很有用。

国王说道：“夫人，如果他害你也如同害别人一样，你也要愁苦了。我恨他，这件事奇怪吗？你没有听见那些控告他杀人、做贼、谋奸的话吗？你那样地信任他吗？你认为他是那样好，那样聪明吗？

“世界上没有一个人能说出来他有一丁点好处，你可以说出许多来，但最终，你将发现都是不对的。他是没有亲人、朋友肯来帮助他的。他应该受如此的待遇。我很奇怪，除了你，我没有听见任何与他相处过的人说过他任何好话。他常常谋害别人。”

绿克娜母猴答道：“陛下，我是爱他的。我还记得他有一次在您面前办过一次事，您曾当面谢过他。一个人爱人要有分寸，怨恨人也不可过度。我这个时候不会太过赞美他，等以后再看吧。”

点拨

理由三：奖惩有度。朴素的道理最为动人。

30. 人与蛇相争

“两年前，有一个人和一条蛇共同到这个宫殿上来要求评判，您和您的大臣们都迟疑不决。那蛇要穿过一座篱笆，但他被一个网捉住了，如果没有人帮助他逃，他便要死在那里了。人走来了，蛇叫他，求人救他出网，救他一条命。

“人可怜他，说道：‘如果你答应不吃我、不害我，我就可以救你出网。’蛇发了一个恶咒，说他绝不会害人一丝一毫。于是，人把网解了，放他出网。

“他们一同走了好一会儿，蛇感觉肚子饿了，他已经好久没有吃东西了，他向人扑去，要吃了人。人惊恐地避开了，说道：‘你现在要杀我吗？你忘了你曾立誓不伤害我吗？’

“蛇答道：‘我可以告诉全世界，我这样做是对的。饥饿的需求，可以叫一个人不守他的誓言。’人道：‘我不会向你妥协的，等我们遇到别人时，叫他裁判一下。’蛇答应了。

“他们向前走，遇到了特塞林乌鸦和他的孩子，他们听了人和蛇的诉说。特塞林立刻判说：‘蛇可以吃了人。’因为他和他的孩子都想趁此得一份吃。蛇对人道：‘现在怎样？你怎么想？我不是赢了吗？’人道：‘一个强盗怎么能判断这事？他要得些利益。且现在只遇到他一个呢，至少需要两个或三个懂得法律正义的在一起评判才好。’蛇答应了。

“两位向前去，遇到白鲁因熊与依赛格林狼，两位对他们诉说了这事。他们判决道：‘蛇可以吃了人。因为因饥饿而背誓是常有的事。’人那时十分疑惧，蛇张开大嘴向着他，人很艰难地避开了。蛇道：‘这不够了吗？已判决了两次。’人道：‘不，那是杀人贼、强盗们下的判决。他们本不守信誓。但我要到国王那里裁判，你应该没有异议吧。他下什么判语，我都听从，永不反对。’依赛格林狼与白鲁因熊都说可以，蛇也不反对。

“他们以为这事到了您那里，也将有与他们同样的判语。我想您应该记得这件事。他们到宫殿上了。人战栗地说出他怎样救了蛇的命，蛇却要破誓吃他。蛇答道：‘我要吃他，是为了救自己的命；为了救命，可以不顾誓约。’我的王，那时您和您殿上的大臣们都难判决。您可怜那个人，不想让一个做了好事的人寒心。

“在另一方面，蛇又说因饥饿而想要吃人活命，要求帮助。在殿上的人谁也不能说判语应该怎么下。我见他们站在这里，他们不知怎样解决这个事情。于是您叫了我的侄儿列那来，问他对这事的意见。那时，他比在这殿上的其他人都聪明，您叫他下公平的判语。

“列那说道：‘我的陛下，只听了他们的话不足为凭，因为人常说假话。但如果我见了蛇在没有被救的时候的场景，那么，我就可以下判语了。’于是您道：‘列那，你的话是对的。我们就照你的话办。’

“人和蛇都到了原地方。列那叫蛇照旧被缚在网中。您说道：‘列那，你现在怎么想？我们该怎么判？’于是列那说道：‘我的陛下，现在他们都和以前一样了。他们不胜不败。看，我的陛下，我现在下判语了。如果人现在还信蛇之前的誓约，他可以把他放了去。但如果他觉得蛇可怕，怕他因饥饿要破誓吃他，我便判道，人可以自由地走开，让蛇还留在那里，好像起初一样。我想这样是公正的判断。’

“唉，陛下，您和您的大臣们都认为这个判语很好，都赞美列那能使人摆脱困境。如此，列那狐以智慧保住了您高贵的尊严与名望，就像一个忠仆对他的主人所做的那样。白鲁因熊与依赛格林狼能这样地给您争光吗？他们知道的是怎样吼叫、偷盗，以及吃肥肉，然后他们以正义与法律，判那些小偷小摸的贼以死刑，但是他们自己却偷着牛、马，他们事不关己地晃

提问

列那狐在这里控诉的熊和狼，又象征着社会上的哪些人呢？

荡着，还做着爵主。

“他们似乎比所罗门①、亚里士多德②还聪明，他们每个都很高傲，赞美着伟大的事业与勇敢的精神，但如果他们遇到难事，恐怕都会第一个逃走。

“唉，我的陛下，他们这些人都不聪明，只知毁坏城市、堡垒(lěi)、土地及人民，他们都只求自己的利益。但列那和他的亲友却都想为他们的王争荣誉、争利益，聪明的参议在这里是比赞美与夸口更有益的。列那这样做了，却没有得到谢意。

点拨

理由四：列那狐曾经的功绩值得感谢。

“最后，人会明白谁是最好的，谁是做好事最多的。陛下，您说他的亲友们都离他而去，因他的奸诈而不与他接近。但我可以设法使您知道列那的亲友们有多么仗义，他们许多人，肯为了列那放弃生命及财产，我自己就是其中一个。

点拨

理由五：以自己为例，证明亲友对列那狐的爱。

“我是一个妇人。如果他需要，我将把我的生命及财产献给他。我还有三个孩子，他们都勇敢强壮，我可以叫他们为他冒险，我不想失去他。”

---

①所罗门：生活在约公元前1010年—前931年，古以色列联合王国的第三任君主，天生聪慧，被以色列人誉为“智慧之王”。

②亚里士多德：生活在公元前384年—前322年，古希腊伟大的哲学家、科学家和教育家。

31. 使枯枝生花

绿克娜夫人叫来了他们，说道："来，我的好孩子们！到这里来，站在你们表兄弟列那的那边。"她又说道："所有我的和列那的亲友，都上前来，让我们祈(qí)求国王给列那以公道。"

于是，立刻来了许多的兽类：松鼠、麝(shè)鼠、貂(diāo)、海狸和他的妻子、小马、獴(měng)鼠，还有许多别的兽类。水獭(tǎ)与他的妻子及海狸原是列那狐的仇人，但他们不敢违抗绿克娜夫人的意旨，因为他们怕她。

点拨

这些兽类的仗义相帮并不都是出于本心，大多是因为绿克娜夫人的缘故。

她是他们同类中最有智谋，最为人所怕的。因为她之故，又来了别的二十多个站在列那狐那边。驴呀、蝙蝠(biān fú)呀、水鼠呀，还有许多，总计四十个，他们都站到列那狐旁边。

绿克娜夫人道："亲爱的国王，请来看列那是否有朋友。我们都是您的百姓，为了您可以牺牲生命与财产。您勇敢、有力、强壮，最重要的是明察秋毫，让列那为他自己解释一下。如果他说不清楚，那么，您给他判罪。我们不求别的。这个正当的请求，没有人会拒绝的。"

王后道："我昨天已对他这样说了。但他正在气头上，不肯听我的话。"

菲拉辟豹也说道："我的王，您可以听从他们的话，如果您固执己见，那么您的地位将会受到威胁。您应该多听听两方的说辞，然后跟着您的心走，谨慎地照着最公平的处置来判断。”

国王道：“这都是对的。但我听见克瓦的死，看见他的头颅，我不由得大怒。我将听列那的话。如果他能答出并推脱了他的这个控诉，我将高兴地让他离开。”

列那狐听了这些话很快活，想道：天哪！谢谢我的婶母。她竟使枯枝生花了！她竭力帮助我。我现在可以有好运了，我定将说出人所未闻的最美好的谎言，把我自己引出这个危难。

32. 有三件宝物

于是，列那狐说道："唉，您说什么？是克瓦的头颅吗？巴林羊去哪里了？他来时带给您什么？我给他三件宝物，我要知道这三件东西的下落。一件是给我的王的，其他两件是给我的王后的。"

国王道："巴林带给我的除了克瓦的头颅外，没有别的，所以我杀死了他。他自己说袋里的信是他写的。"

列那狐道："唉！我的主，这是真的吗？我真不幸！这些宝物失散了，真使我心碎了！我不要活了！我的妻子知道了这事，她该多么难过啊！"

绿克娜母猴道："列那，好侄儿，你干着急有什么用？不去管它，先告诉我们这些宝物是怎么样的，也许我们能设法把它们寻回。"

列那狐道："婶母，你的话使我的心宽了些。唉！我最相信的人却哄骗了我。我愿走遍全世界，冒着生命的危险以寻求这些宝物。"

于是，他用悲哽(gěng)的语调对大家说道："你们请听，我将告诉你们这些宝物的功用，然后你们就可以知道我的损失有多大了。

"第一件是一只纯金的戒指，里面有三个希伯来词，我不认识，就请犹太人阿皮里安告诉我。他说，这些是从天上乐园带下来的三个名字，戴了它，不怕雷打，不怕巫术，不怕被人引诱。即使躺在野外三个冬夜也不会受冷，不管风雪如何大。

"戒指上面有粒三色的宝石，一部分是像红水晶似的，发出如火焰的光亮，人在夜行时可以不再需要灯火，它的光照得如同中午；一部分是白色，人的身上有什么疾痛，拿宝石一擦痛处，就能立刻痊(quán)愈，内部有病，如伤食、肠痛等，只要把这宝石放在水中，饮入此水，人也立刻会好。

"唉！失去了这个宝物是多么可惜！第三部分是如草一般的绿，带着紫色斑点。戴着此石的，永不会受仇人的伤害，每战必胜，即使是仇人也会变得爱他，赤身与一百个战士打架，也可以获胜，但戴此宝石者必须是一个高贵无比的人，不然便不生效力。

"我想此宝物如此名贵，自己不配用，所以献给陛下，他是现在最高贵的人。

"这戒指是我在父亲的宝库中找到的，在这库中还有一面镜子和一把梳子，我妻子常用它们。因为这两个也是非常珍贵的宝物，所以我想把它们献给王后，她对我十分慈爱。这把梳子是由生长在地上乐园与大印度间的一只名叫潘西拉的高贵动物的骨头所做的。

“这兽极好看，他的香气可以医病，别的兽都跟在他后边，闻了他的香便一切病都没有了。他虽然死了，香味仍存骨上，这骨很轻，但不会碎损，不会被水火所灭。谁闻了那香味，都会成为世上最可爱的人，永不会有病，心里也极为快活。

“这梳子如银一般光滑，梳齿小而狭，边上有空处，雕了许多人物，雕的是帕里斯[①]和三女神的故事。三女神叫帕里斯判断谁是最美的，便可得到金苹果。帕里斯这时是一个牧人，在特洛伊城外牧羊。女神雅典娜许他为最富的人，赫拉许他为最聪明有力的王，阿芙(fú)洛狄(dí)忒(tè)许他得一个最美的妇人。帕里斯把金苹果给了阿芙洛狄忒。这美妇人就是希腊的海伦。帕里斯后来以阿芙洛狄忒之助，与海伦结为夫妻，他们俩生活得很快乐。这些都雕在梳子上。

“现在请你们听听镜子的事。这面镜子可以使人看到一里以内你想要见的一切人和事。见了镜子，人也可以医愈好多病。它的架木也是极著名的，又坚实又美丽。镜边

①帕里斯：希腊神话中的一个人物，特洛伊城邦的王子。

上嵌(qiàn)着六个故事，每个故事配着一种颜色，在故事之下刻有字句。

点拨：这些故事充满动物寓言的色彩，故事里嵌着故事，巧妙绝伦。

“第一个故事是一匹马见一只鹿飞快地跑着，很不高兴，便对一个牧人道：‘你捉了前面的鹿，可以得到许多好处。’人骑上马去追，但鹿跑得极快，人追不上，马疲倦了，说道：‘请你下去吧，让我休息。’牧人道：‘我捉到你了，你不能逃走。’马妒忌别人，但他自己却陷入网中！想害别人，自己却遭了罪。

“第二个故事是一头驴与一只猎犬，他们都与一个富人同住。那富人爱这猎犬，他常与主人游戏，立起来，舐(shì)舐主人。驴见了，心里很羡慕，他也想得到主人的爱，便也立了起来，把前足放在主人肩上，牙齿露着想舔主人。主人大叫道：‘救命呀，救命呀，驴要杀我了！’仆人来了，把驴打得半死。有许多人羡慕别人的幸福而去学样的，也要与驴一样受苦。

点拨：与其盲目地模仿别人，不如专心致志干好自己的本行。

“第三个故事是说特保猫和我父亲在一起，他们发誓相互帮助，不相分离，有得必均分。有一天，他们见一群猎人带了许多狗走来，他们拼命地逃跑。父亲道：‘特保，怎么办呢？猎人追来了。但我有千百种方法，可以逃避猎人，不要怕。’特保叹气，道：‘我只知道一个方法。’说时，他爬上树顶，让我父亲一人受苦。猎人叫道：‘狐！捉住它！快打！’特保讥嘲地说道：‘你施出你的千百种方法来啊！’

我父亲尽力地逃，几乎被捉，亏得路中有一旧洞，才得逃命。不守信约的人，现在是有多少呀！

“第四个故事是说，依赛格林狼有一次寻到一匹死马，肉都已经被吃了。他嚼着骨头，因为饿极了，有一根骨头卡在了他的喉咙里。他极痛苦，求医也无效。后来依赛格林狼见了长颈的鹭鸶(lù sī)，求他帮助，说可以尽力报答他。鹭鸶把头放入依赛格林狼嘴里，把骨取出。鹭鸶要求他所许的报酬，但依赛格林狼道：‘你的头放在狼嘴里而没有受害，已是侥(jiǎo)幸极了，应该是我向你要报酬！’这便是现在的恶人报答帮他的恩人的样子了。

“其他故事我记不住了。这些宝物，我不配拥有，所以送给我的王与王后。我把镜子送来时，两个孩子还哭了一场。

“唉！我不知克瓦兔怎么死的。我在背囊里装了宝物托他们带来！他们是我最好的朋友，除了羊与兔，我找不到别人可以托带这些东西了。唉！我想知是谁杀了克瓦，我一定要找到他！也许他就在这一群人中。恶人会把自己混在好人中，知道怎样掩藏自己的罪恶。但我很奇怪，陛下说我和我父亲对他没有好处。有许多事，他虽一件件忘了，但我是记得的。

点拨

列那狐的话精准地形容了自己，充满讽刺。

“我的陛下，您不记得您两岁时，您父王生了一场大病，我父亲正从医校出来，便设法把他医好了。他为国王所信任，还被赐了一个玫瑰花园。但现在一切都颠倒了。

旧的好事被忘了，恶人却占据着高位。就是我自己，对您也有微功，您也许还记得。请您主持公道，不要听信没有证据的话。”

国王道：“列那，你说的符合情理。我对于克瓦的死，除了巴林羊把他的头颅放在背囊里带来以外，不知别的事。现在我让你无事离去，因为我没有证据。”

列那道：“我的陛下，感谢您！克瓦的死使我的心都要碎了，我真难过。”

大部分在宫殿上的兽，听了列那说的三件宝物的话，都以为是真事儿。他们见他丢了这些东西，见他焦急的样子，都为他发愁。王与王后也可怜他，叫他不要过于难过，可以尽力去找。他形容的这些宝物太诱人了，已经使他们想要占有了。他说，这些宝物是送给他们的，所以他们虽不曾得到，却谢了他，要他帮着去寻找。

列那狐很明白他们的意思，他道：“感谢你们！我的王与王后，你们那样安慰我。我将日夜奔跑，祈求走遍天下，以找回这些宝物。我的陛下，我求您，如果这些宝物在我力不能及的地方时，我求您帮助我，因为那些本来就是您的。并且您也应该惩戒那偷盗杀人的贼。”

国王道：“你知道了他们在哪里，我绝不会坐视不管。我将时刻准备帮助你。”

“啊，陛下，这简直太好了！”

现在列那狐已把事办得很好，他已经把国王玩弄于股掌之间了。他起初想不到结果竟这样好，他说了许多谎，可以使他自由地离开而不再受到控诉。但依赛格林狼却是不高兴的，说道：“唉，高贵的王，您竟这样幼稚，会相信这个可恶的狡贼，被他的谎话所哄骗！真的，我早已不相信他了。他是杀人贼、奸臣，他当着你的面讥笑你。我将揭穿他编的故事。我现在很喜欢看见他在这里。在他离开这里之前，他的一切谎话都没用。”

点拨

进一步体现了国王的愚蠢和列那狐的狡黠。

33. 狼狐的争辩

他又说道:“我的王,我求您听一下我的陈述。有一次,这个爱说谎的贼骗了我的妻子。事情是这样的：在一个冬天，他与我的妻子一同走着。经过一片湖时，他告诉我的妻子，他可以教她用尾巴来钓鱼，并说，她如果长时间把尾巴挂在水下，便可以有许多鱼附在尾巴上，这些鱼，他们四个都吃不了。

“我的妻子太天真了，居然以为他说的是真话。她在泥泽中走着，到了水的深处，列那叫她把尾巴放下，鱼自然会来的。她把尾巴放下了许久，后来竟坚固地冻结在冰上了，她不能把它拔起，他见了便跃在她身上打她。

“唉！我不忍说出这恶贼欺辱她的情形，她不能抵抗，她深陷在泥泽中。这事他万不能否认，因为这是我亲眼见到的。当时，我正在河岸上走着，见他正对我的妻子拳打脚踢，她咆哮着。唉，那时我心里是多么痛苦呀！我已失了神智，高声大叫道：‘列那，你在那里做什么？’当他见我走得这样近，便跳了下来，走开了。我悲愁地向她走去，在泥水中走着，然后去打破冰块，她受了许多苦才把尾巴从冰里拔出，且还留了一段尾巴在冰上。但我们的苦还没有受完呢。

“她咆哮得极响，震动了乡村中的人，他们都拿着种种武器出来了，他们怒声叫道：‘杀！杀！打死他们！’我生平没有这样恐惧过，我们几乎失去了性命。我们竭力奔逃，浑身出汗。一个人用长枪刺伤了我们，他又强壮，跑得又快。

“如果不是天色晚了，我们一定会被杀掉。后来，我们跑到了丛林里，躲在林中，他们因为夜晚了，才不敢再追，各自回家了。我的王，对于这样的谋害，您必须为我们主持公道！”

列那狐答道：“如果这些话是真的，那么我的名誉就会受到极大的损害！我叫她到一个地方去捉鱼，这是真的，我指给她一条好路，叫她不要走入泥中。但她听见有鱼时，便拼命地跑，并不从正路走，这才走到了冰上，被冻住了。

“如果她不贪心，一定可以得到很多鱼，且不会受苦。这是常有的事，一个人要得到一切，反而失去了一切。过度的贪心，绝没有好结果。当时，我见她被冰冻住了，便去帮她出来，但没有成效，因为她身子太重，我拖不动。

“那时恰好依赛格林来了，他从上往下看，眼睛花了，其实我绝无别的举动，他大叫着骂我，我只好走开了，让他去骂。于是他自己去把他的妻子救出来，他们一跳一跳地取暖去了。这就是一切的经过，没有一句谎话。

思辨

情景相似，但狐与狼的说辞完全不同。你觉得谁说的是事实呢？我们在生活中碰到这种情况，又应该如何做呢？

“如果您还有什么疑惑，给我八天的期限，我可以给您许多充足的证据看。依赛格林狼自己是一个欺蔑[1]妇人的、凶恶的坏蛋，却反过来说我。现在问一下他的妻子，究竟他的话对不对。如果她说真话，一定会和我说的一样。”

于是，依赛格林的妻子说道：“唉，坏列那，没人敢和你接近，你的谎话说得太像真的，但最终你一定会受罚！有一次，你让我进入一口井，几乎使我丧命。井口上有两只篮子，挂在绳的两端，绳则挂在一个滑车上，如果一只篮下去，另一只篮便升上来，你那时坐在一只篮上，落于井中，心里十分惊慌。

“我恰好走近井边，听见你的叹息声，便问你为什么到井里去。你说那里有许多好吃的鱼，你的肚子都吃胀了。我说道：‘告诉我怎么才能下去。’于是你说：‘婶母，你跳进那里的篮中，便可立刻到我这里来了。’

“我依你的话跳下篮子，我沉了下去，你却升上来了！我生气起来。你却说：‘一个升起来，一个沉下去，那正是世上的规律！’你跳出井，自己走了。我独自坐在井中，坐了一整天，愁苦着，饥饿着，寒冷着。在我出井之前，还受了许多打。”

列那狐道：“婶母，你挨了打，却救了我。而且我还给你一个好教训——下次你千万不能过于仓促地相信别人，不管他是朋友还是亲戚。

①欺蔑：欺负、轻视。

34. 洞里有什么

依赛格林狼的妻子道：“我的王，您听听他的话！”依赛格林狼道：“他还有许多次使我受了危害。他有一次向他的婶母绿克娜出卖了我。我受了莫大的惊吓，几乎整只耳朵都落在那里了。现在叫列那自己把这事说出来，看他如何说谎，我先说，他又要以巧辩来掩饰了。”

列那狐道：“好的，我说实话，一句也不多说。他到了林中，告诉我他十分饥饿，我很可怜他。我说：‘我也觉得饿呢。’于是，我们一同走了半天，但得不到什么吃的东西。于是他呻吟着说，不能再走了。

“这时，我在丛林的密处看见一个大洞，我听见洞中有瑟(sè)瑟的声音，我不知洞中有什么东西。于是我说道：‘到那里去看看，也许有什么可以吃的，我知道那里有东西。’他说道：‘除非我先知道洞内有什么，否则即使你给我二十块金币，我也不爬进去，我想，洞内或许有什么可怕的东西。我在那棵树下等你，你先爬进去。但必须立刻出来，告诉我洞中有什么。你比我机警，绝对没有危险。'

"看，陛下，这个恶汉，他让我先去面对危险，他自己又大又壮，却平安地在旁边等着。我只得勇敢地走进去。洞内黑暗而阔大，我走了一段路，到了洞的那边，看见亮处有一个大猴躺在那里，两只大眼睛如火焰。她的大嘴中长着长牙，脚上和手上都是尖爪。我没有见过这样可怕的兽。在她身边躺着三个小猴，也和他们的母亲一个模样。当他们见了我时，都不动地望着我。我害怕起来，后悔不该进来，但我却想道：已经进来了，必须设法平安地出去。

阅读任务

这么可怕的地方，居住的到底是谁呢？

"我见她比依赛格林狼还大，她的孩子们比我还大。我只好低头，小心地说好话，我说道：'婶母，你的生活多么幸福啊，你的孩子们都好可爱！他们真是美，真是讨

人喜欢啊！每个都像王子一样。我一听见你生产了，就立刻跑来看你。’她说道：‘列那，欢迎你来！你居然会找到这里来，谢谢你！你必须把你的聪明教给我的孩子们一点，使他们知道如何为人处世。’啊，我听了她的话真是快活！这值得我刚才叫她为婶母，但实则我与她毫无亲戚关系，我的真婶母只有前面站着的绿克娜夫人。

点拨

列那狐能够在危险的时候保持冷静，并善于用谄媚的语言让自己摆脱困境。

“当时，我说道：‘婶母，我极愿意把所知晓的都教给他们。’说完了话，我便动身要走。她说道：‘吃完了饭再走吧。’于是她站起来，领我到别的洞里，那里有许多吃的东西。我吃饱了之后，她还把一块肉给我，让我带回家去。

“我从原路出来，见依赛格林躺在那里呻吟。他说道：‘好侄儿，有吃的东西没有？我要饿死了！’于是我很可怜他，把带来的肉给他，因此救了他的命。那时他向我千恩万谢，谁知他现在反倒对付我了呢？

点拨

恩将仇报是依赛格林狼的特性。

“他很快地把肉吃下了，然后他问道：‘列那，你在洞里得到了什么？我现在比刚刚更饿得慌！我的牙齿现在格外尖利，想要咬东西。’我道：‘叔叔，你进洞去，可以得到好多东西吃。洞里住的是我的婶母和她的孩子们。如果你能隐藏自己，编出一个谎话，你便可以得到许多吃的。但你如果说了真话，你将要受苦的。’我的王，我不是如此警告过他吗？谁知道他根本不懂得机警。他一见了他们，便惊得叫起来道：‘唉，简直是从地狱出来的，真可怕！我怕得连汗毛都竖起来了。’她说道：‘依赛格林先生，他们是我的孩子们。他们生得丑，与你何关？刚才来的那一位先生就比你好得多、聪明得多了。谁叫你来的？’他道：‘夫人，我要吃东西。’她道：‘这里没有东西。’他道：‘这里有不少。’于是他径直向贮(zhù)物的洞中走去。我的婶母便带着孩子们奔到他面前，用长爪把他抓得头破血流。

“我听见他痛苦地咆哮着，又见他飞奔出洞。他浑身都是伤，一只耳朵几乎全失去了。他向我诉苦，我问他说谎了没有。他道：‘我照直地说。’我道：‘不，叔叔，你应该这样说，你应该说她的孩子们如何的好看、如何的可爱。你说真话，活该被打。

“现在，陛下，请您问他，事情是不是如此。”

35. 要与狐决斗

依赛格林狼道:“你真是一个恶贼，你嘲笑我，咒骂我，说着谎话，我都暂且忍耐下去。你说，我饿得快死，是你救了我，那完全是说谎。你给我的不过是一根骨头，你已经把肉都啃干净了。你笑我，说我饿极了，你实在是太侮辱我了！你说了许多谎话，叫国王捆缚了我，又侮辱我妻子，又暗害我许多次，我已忍了很长时间了，但现在你不能逃开我了。

“我没有什么充分的证据，但我在这里，在我的王、我的王后以及大众面前，揭露你是一个虚伪的奸臣，一个杀人犯！我将与你在决斗场上相见，战斗到死为止！现在，我把手套掷给你了，你拾了它去，我将为公道而战，就算是死也愿意。”

整本书阅读

列那狐提过，如果别人没有十足的证据，可以与他决斗来争夺好名声。

列那狐想道：我怎么能与他决斗呢？我们是不相等的。我不能抵挡这个强有力的贼，我的所有努力，现在都付诸东流了！

36. 指定了证人

然而列那狐转念又想："我还有些许机会。他前足的爪子已经没有了，他的脚还痛楚着，因为我之前把他的毛靴脱下，现在创伤还没好呢。跟以前相比，他衰弱了些。"

于是，列那狐说道："谁说我是一个奸臣、一个杀人犯的，我说他是说谎。依赛格林，特别是你！你要与我决斗，这是我所希望的。我要努力自卫，证明你说的话是假的。"

国王允许了他们二人决斗，叫他们各自指定证人。于是白鲁因熊与特保猫做了依赛格林狼的证人，格令巴猪獾做了列那狐的证人。

37. 圆胖又光滑

绿克娜母猴对列那狐说道："列那侄儿，你在决斗时必须留心，要冷静机警。你的叔叔告诉过我一首词，在战前唱这首词非常有用。明早，我要为你祈求。这样，你就一定可以战胜依赛格林。决斗总比绞死好。"

列那狐道："谢谢你，亲爱的婶母。这次决斗，我是对的，所以我希望能有公道的结局。"

这一夜，他所有的亲友都来陪伴他。

绿克娜夫人常常为她的侄儿列那着想。她把他的毛发弄得光顺，她用橄榄(gǎn lǎn)油擦他的全身。如此，他的身体又光又滑，胖胖的，圆圆的，依赛格林狼抓不住他。

她对他道："好侄儿，你现在可以多补充些体力，保证决斗时格外有精神。到了那时，你可以用你松散的尾巴打他，如果你能打到他的眼睛，他便看不清东西，这样就更容易赢他了。还有，你的尾巴须夹在两腿间，使他捉不住你。你的两只耳朵也须平贴在头上，不要让他抓住。你处处需自己留心。

"刚开始时，你要逃避他的追击，叫他跳着跑着追你，你要跑到多灰土的地方，用脚把灰土拨飞，使它飞到他眼中，让他看不清东西。当他去擦眼时，你便尽力打他，用你的尾巴打他的脸。引他在你后面追着跑，要使他疲倦。他的足还在痛着，而且他虽然强大有力，却丝毫没有心计。

"侄儿，我的话就是如此。技巧胜过蛮力。所以你自己留心，机警点，保护好自己，你和我们便都可以得到最后的胜利了。如果你失败了，我会悲伤不已的！侄儿，现在你放宽了心去休息，我们会叫醒你的。”

列那狐道：“婶母，我现在快活了，谢谢你！你如此看待我，我下次真不配再受你的厚待了。”

于是，他躺在一棵树下的绿草上睡了，一直睡到太阳升起来时才醒。水獭来叫醒他，给他一只胖小鸭吃，说道：“好兄弟，我昨夜跳入水中许多次，才得到这只胖小鸭。这是从一个养鸭人那里捉来的，拿去吃了吧。”

列那道：“这真是一个好礼物。如果我拒绝了，那我必定是一个傻子了。谢谢你，兄弟，你还记挂着我。如果我活着，我将报答你。”

列那狐吃了鸭，没有汤也没有面包。这鸭很好吃，他还喝了四大口水。然后他到决斗场上去，所有爱戴他的，全都跟着他去了。

38. 婶母的祝福

国王见列那浑身那样地光滑，对他说道：“啊，列那，你真会装扮自己！”国王觉得奇怪，因为列那狐装扮得很难看。但列那狐默默无言，只跪在地上，向国王及王后行了礼，便起身进了决斗场。

依赛格林狼已经在那里了，正在说着许多骄傲的话。决斗场的监场官是豹和大野猫，他们带了书来。在书上，依赛格林狼说，列那狐是一个奸臣、一个杀人犯，没有人比他更坏，并说他将用体力证明自己。列那狐说，依赛格林狼是一个虚伪的狡者、一个恶贼，说着谎话，他将以体力证明自己。

当这事完了时，监场官叫他们开始决斗。一切旁观者都退到场外，只有母猴绿克娜夫人还留在那里，她立在列那狐身边，嘱咐他记住她昨夜所说的话。她说道：“好好地留心。当你七岁时，你已经会在没有月亮的夜间，不带灯偷到东西了。在人类心中，你素以聪明著名。尽力地去赢得这个荣誉，大家都会为你自豪。”

他答道：“我挚爱的婶母，我都知道。我将竭力去做，依着你的忠言。我也希望如此，这样，我的全族都可以获得荣光，我的仇人们也会感到屈辱。”

她说道：“祝福你，列那。”

阅读任务

列那狐在正式与依赛格林狼展开决斗前，亲友们对他表现出了十分的关心和爱护，他们的具体表现有哪些？

39. 恶斗在僵持

于是，绿克娜夫人也退出场外，只留他们两个在场上。依赛格林狼暴怒地向列那狐冲过去，伸出两只前足，要把列那狐捉住。但是列那狐轻轻地跳开了，因为他的足比依赛格林狼轻便。依赛格林狼追在列那狐后，去捕捉他。他们的朋友们都在场外看着。

列那狐用毛松松的尾巴打他的脸，依赛格林狼的眼睛一时张不开，便停下来揉眼睛。列那得到了机会，站在顺风处，用脚拨扬起灰土，它们都飞入依赛格林狼眼中，依赛格林狼看不见东西了，只得停下来设法擦掉眼中的灰土。

于是列那狐过来了，用力在他头上咬了三处伤痕，并且说道："什么事，依赛格林勋爵？有人打你吗？你偷了许多只羊，杀了许多动物，现在更是用欺诈的手段和我决斗，我如今就要报仇了！

"人在做，天在看。现在是连老天爷也看不过去了，让我来惩罚你这个恶贼。你的生命现在掌握在我手中，你如果跪下求我原谅，对大众宣言你输了，即使你罪大恶极，我也会原谅你，因为我

的良心过不去，谁叫我这么善良呢。”

依赛格林听了这些讥嘲侮蔑的话，气得一句话都说不出，心中愤怒极了，又因列那咬他的地方流血而痛楚。他想，我一定要报仇。于是他暴怒地举足，重重地打在列那狐的头上，使列那狐跌倒在地上了，于是依赛格林狼向列那狐走去，想捉住他。但列那狐机敏而狡诈，他立刻站起身来，凶暴地迎了上去。

于是，一场恶斗开始了。

这场恶斗持续了许久。依赛格林狼连连向列那狐扑去，几乎捉住了他，但他的毛十分光滑，又躲开了。列那狐是多么敏捷呀！许多次，依赛格林狼以为一定可以捉住他了，不料他却在依赛格林狼双腿之间及腹下钻了过去。转过身来，又用尾巴打在依赛格林狼的眼上。依赛格林狼以为他要瞎了。列那又常常站在顺风处，用脚拨扬起灰土，使依赛格林狼的眼中飞进了不少泥沙。

依赛格林狼觉得自己已经处于劣(liè)势，但他的力气还远胜于列那狐。列那常常伺(sì)机打依赛格林。依赛格林狼也常常打到列那狐。他们拼尽全力，不给对方留一点机会。这种战斗很精彩：一个机警，一个孔武有力；一个凭力量来打仗，一个却用智巧来取胜。

依赛格林狼见列那狐与他僵(jiāng)持了这许久，心里很生气，如果他前足没有取下靴子，列那狐一定不会与他相持这么久，可惜现在他的

点拨

列那狐曾经的设计，此时也成了自己决斗的助益。

脚很痛，不能跑得快。

后来，他自己想道："我必须结束这场决斗。这个恶贼能与我相持多久呢？我是雄伟的！我稍稍一用力，就能把他给压死了。我宽饶了他这么久，真是奇耻大辱，大家一定会讥笑我、羞辱我，对我指指点点，因为看样子，我还在劣势。我受了好些伤，我流着血。他往我眼中拨了许多灰土，如果我再与他争持一会儿，我的眼睛就看不见东西了，我要逮到一个机会打倒他。"

于是，依赛格林狼用脚打列那的头，把他打倒在地上，在他没有翻身起立之前，捉住他的腿，压在他身上，似乎要压死他。于是列那狐开始害怕了。他的朋友们见他躺在下面，也都害怕起来。依赛格林的朋友们却都欢呼着。

列那狐脸朝天地躺着，用足爪尽力防卫，打了依赛格林狼许多下。依赛格林狼不敢用足打他，但他的牙齿露着，将要去咬他。列那狐见依赛格林狼要咬他，十分地怕，用前爪尽力抓了依赛格林狼的脸。依赛格林狼眉上的皮被抓下一块，一只眼睛也受了重伤。他非常痛苦，他咆哮着，惨叫着。

提问

列那狐代表着无比的智慧，依赛格林狼代表着强大的力量，智慧和力量的决斗，哪一方更有胜出的可能呢？

40. 巧言拖时间

依赛格林狼擦了擦他的眼，列那狐见了很高兴。依赛格林狼擦眼时，列那狐乘势挣扎了起来，跳起来。依赛格林狼赶快去捉他的足，在他没有逃开之前，不管自己流了多少血，也要把他紧紧捉住。依赛格林狼恼怒极了，忘了所有苦痛，把列那狐直压在身下。

于是依赛格林狼对列那狐道："现在你声明自己失败了，不然，我一定要杀了你。你现在什么伎俩都没有用了。你逃不掉了。你以前侮辱我，谋害我许多次，现在你还使我失去了一只眼睛，而且使我浑身都是伤。"

列那听了这话，迟疑了许久，不知是承认失败好，还是被杀死好。他知道二者之中必取其一，但不一会儿，他便决定挣扎一番，于是说了许多好话："叔叔，我会很开心地把我的财宝都给你，我会成为你的人。我永远是你的追随者，我的亲属们也都让你差遣(qiǎn)。那时，你将会成为位高权重之人，还有什么人敢反抗你呢？

"此后，我无论捉到了鸡鸭，还是得到了鱼肉，一定先给你挑选，还要先给你的妻子和孩子们。我永远听你的话，你会得到一个永远忠诚的奴仆。你有力量，我有智慧，我们二人在一处，一个出主意，一个去做，就再也不会有错误的事发生了，而且我们的种族相近，不应该互相仇视。

"如果我昨天能避开，我一定不会和你决斗的。但那是你先要决斗的，于是我不得不去做这件事。而且在这次决斗中，我对你很客气，我没有用全力对付你，因为侄儿应该礼让叔叔的。

点拨

列那狐把自己的失败说成没有尽全力。

“好叔叔，你看我总是避开你，我本可以重伤你，但我不肯那样做。你的眼睛受伤了，唉！我心里真的很难过！好叔叔，我宁愿我的眼睛瞎了，而不是你的！但是这样也有一个好处，因为你以后睡觉时只需闭上一只眼，别人却需闭上两只！

“我的妻子，我的同类，都会跪在国王面前、你面前，以及你的亲友面前，恳求你赦免你的好侄儿列那的命。我也将声明以前的种种不对。我对你做的这些事，对国王都没有做过，所以，我求你放我一马。

“我知道，你如果想杀我，现在就可以杀。但如果你杀了我，你会得到什么？你此后必须远离我的朋友和亲戚了。聪明的人，愤怒要有限度，做事不可过急，而且会考虑后路。许多愚人，常因做事过快而后悔，但那时已经太迟了。

“好叔叔，我知道你是聪明人，是会精打细算的。荣誉、赞美、安宁、和平，以及许多想要帮助你的朋友，是比羞辱、损害、不安，以及许多以后想要乘机复仇的仇人们好的。并且已经战胜了人，又去杀他，是没有什么好名声的。这是大耻辱，并不是因为我的性命，我死了不算什么。”

依赛格林道：“呵，你还想用美言来迷惑我，你以为我会相信你的话吗？即使你答应把全世界最好的黄金都给我，我也不能放了你，你所说的全都是谎话。你想以此欺骗我吗？我早已看透你了，我不是那么好欺骗的，我很清楚什么是危险！

“唉！如果我让你这样逃走了，你将如何地讥笑我呀！你可以把这一套话说给不认识你的人去听，但对我来说，你的花言巧语已经失效了，因为我太清楚你的谎话了。你骗我的次数太多，我现在必须留心你了。

“你太狡猾，你说这次决斗，你宽赦了我好几次！看着我！我的一只眼睛不是被你挖伤的吗？我的头上还被你伤了二十次。你对我简直毫不留情，不让我呼吸一下。我如果赦免了你，那可真是太傻了。你多次羞辱我和我挚爱的妻子，我一想起来，便充满了愤怒，想要复仇。”

点拨

具体的数字体现了列那狐下手的狠辣，并没有像他说的那样手下留情。

当依赛格林说话时，列那狐已经在想自救之法了。他暗中挣扎，脱出一只手来，把依赛格林狼的前足紧紧地捏住。依赛格林狼痛楚极了，大叫起来，列那狐乘势又脱出一只手来。

41. 顺利被赦免

这个痛楚比他眼睛被抓到时还甚，他躺在地上，呻吟不绝。于是列那用尽浑身的力量，跳在他身上，捉住他的双腿，拖着他在场中走，让大家都看见，还时不时地尽力打他。

所有依赛格林的朋友都悲苦不堪，哭着到国王面前，求他下令中止这场决斗，把这事由他判决。国王答应了。

于是监场官豹和大野猫对列那狐及依赛格林狼说道："我们的陛下对你们说，这场决斗停止了。他要自己判决这件事。如果你们之中有一个被杀了，那两边都会感到悲痛。"

于是，他们对列那狐道："全体的兽类，见到这场决斗的都称赞你。"

列那狐道："我谢谢他们。我听国王的命令，我只求胜了这场决斗，更不求什么别的。让我的朋友们都过来！我要征求他们对我未来命运的建议。"

于是他们都来了。格令巴夫妇、绿克娜夫人及她的两个姐姐，还有许多别的朋友，有二十个以上，如果列那输了，那他们是不会来的。他得到了莫大的光荣和名誉。以前向国王控告过他的，现在也认他为亲友了。他们对他都恭敬、亲热。现实的世界也是如此！谁有钱有势，便有许多亲友来赶热闹。谁若穷苦无权，朋友们、亲戚们便都要避开他。

于是，他们举行了盛大的宴会。鼓乐喧鸣，非常热闹。他们都说道："好侄儿，你竟然赢了！我们见你躺在下面时，真是十分害怕。"

列那狐和气地谢了他们，十分快活地和他们交谈。于是，他问他们是否要把这事交给国王来判。

> **点拨**
>
> 趋利避害，既是森林中动物的生存法则，也是现实中人类的特性。作者用动物世界比拟人类世界，是对当时社会趋炎附势之风的讽刺。

格令巴夫人道："是的，勇敢些，你可以把名誉交在他手中，信任他。"

于是，他们全体同监场官一起到国王那里去了。列那狐在他们前面走，鼓乐悠扬地奏着。列那狐跪在国王面前，国王叫他站起来，对他说道："列那，你现在可以快活了。我赦免了你，让你自由地走动。你们之间的争端，交给我来办，我要与贵人们商议，等到依赛格林痊愈后，我叫人去找你，那时再凭公道宣判。"

42. 猎犬的下场

列那狐道："我高贵亲爱的王，我十分满意。但当初我来到您宫中时，有许多恶人嫉妒我，我却没有想过要害他们。他们都帮助我的仇人反对我，都要除去我，因为他们觉得，和我相比，依赛格林在您那里的地位高得多。

> **点拨**
> 列那狐曾为国王讲述马和鹿、驴和猎犬的故事，他是以鹿和猎犬自比，讽刺大臣们因嫉妒和羡慕迫害自己。

"我的王，这正如我有一次在一个地方看见的一大群猎犬。他们聚在那里，等人来带东西给他们吃。后来，他们见一只猎犬从厨房中跑出来，衔着一块肥牛排，那是偷来的，他跑得极快，但厨子在他逃远之前，把一大碗滚热的水，泼在了他的背上，使他的毛都脱落了。但最终他衔着偷到的东西逃了出来。

"当他的朋友们和别的猎犬见他衔了这块肥牛排出来时，他们都对他说道：'啊，厨子与你的交情真好，他给你这么好的一块牛排，上面有那么多的肉。'

"那只猎犬说道：'你们什么都不知道。你们赞美我的前面，因为衔了肉。但你们没有见到我的背后。请看我的背上，然后你们就可以知道我是怎么取得这块肉的了。'

"当他们见了他背上被开水烫(tàng)脱落的毛，他们全都叫了起来，害怕那开水。他们不和他做朋友了，飞逃了出去，留他一个在那里。

"我的王，您看，这正是这一班恶贼的情形。当他们为爵主时，为所欲为，有力有威，抢夺百姓的，吃喝百姓的，正如一群饥饿的猎犬一样。这正是他们衔了肥肉在口之时，没有人不赞颂他们，不恭敬他们。有的还助纣(zhòu)为虐(nüè)，从中获益。

“唉，我的陛下！这些人简直没有看见他们的背后，没有看见他们最后的结局。他们受了奇耻大辱，从高处跌落谷底，然后他们的暴行才为大家所知，没有人可怜他们，没有人理会他们。至于他们的朋友呢，就如那一群猎犬，见他受害了，便一个个地离开了，留下他一个在忧苦中。

“我的王，我求您记住我这个比喻。这些日子，这种恶人真多。他们所做的坏事，比猎犬偷肉还可恶。他们压迫弱小的人，夺去他们的自由与特权，只为了一己私利。希望您能够处罚他们，最好是立刻把他们都除去了，不管他们是谁！

“谢谢陛下，我和我的亲属都很光明，不做恶事。我亲爱的陛下，我全心全意地爱您，谁都不能离间我们，我会永远听从您的命令。”

动物座谈会

列那狐以猎犬为喻，控诉的是那些位高权重的奸臣欺压弱小、鱼肉百姓的事实。权臣正如猎犬，他们集聚一处，依靠自己的地位和力量为非作歹，偷盗抢掠的是平民百姓的粮食、财物。列那狐抨击了这类人的险恶，也预设了他们的结局，终有一天权臣会跌落高位，光明的日子终会到来。

43. 拜谢了狮王

国王道："列那，你是服从我的人之一，我希望你常能如此。我还愿意聘(pìn)用你做我的咨议，做我的法官。你须注意，不要再生事害人了。我把一切属于你的权力都还给你，像以前一样。

"你的智力须用在好的地方，我的宫廷上不能没有你的咨议与商量，因为这里没有一个人像你那么聪明。你须谨记你的话，努力走正路，且忠于我。我此后将听取你的意见。

"如果有谁欺负你，我就会为你复仇。你将代我巡(xún)察全国，代我宣扬美德。我给你这个差事，你须好好地奉职。"

列那所有的亲友都深深地感谢国王。国王道："我给了你更多的权力。"绿克娜夫人道："感谢我的陛下。他是忠实的，如果他不是这样，那他便不是我们的亲属了，我们将永不认他。"

列那狐用美辞表达谢意，他说道："亲爱的陛下，我不配受您这么大的恩典。我想此后终生都尽忠于您，要成为您的最忠诚的侍臣。"

于是，他和朋友们拜谢了国王。

现在看依赛格林狼是什

点拨

列那真诚的谏言和智慧的巧辩，动摇了国王的心，使得最后的判决对自己更有利。而这一结果也恰恰说明了列那曾强调的问题：有时谎言要比真话好。列那的辩白与最后判决的结果都呈现出了强烈的讽刺意味。

么样子。白鲁因熊、特保猫以及他的妻子和孩子们，还有别的亲属，把他抬出决斗场外，放在稻草上，又用草盖在他身上使他温暖，然后查看他的伤处，全身共有二十五处伤痕。

外科医生来了，把伤口洗了，包扎起来。依赛格林狼伤得完全失去了知觉。他们细心看护他，他突然从昏迷中大叫起来，他们都害怕了，以为他在发狂。医生给他喝水，安定他的心，使他睡去。他们安慰他的妻子，告诉她依赛格林并无致命伤，可以放心。

于是宫门闭了，群兽各自散去。

44. 故事的结局

列那狐荣耀地向国王及王后告别。他们吩咐他不要在家待太久，快些回到宫中来，他答道："亲爱的国王与王后，我永远静候你们的差遣。我每时每刻都在准备用我的生命、我的财产为你们服务，我所有的亲友也都将任你们差遣。我现在希望暂时回家看我的妻子。你们如果需要我，只要让我知道，我立刻就来。"

于是，国王也说了好些奖励的话，列那狐便动身回去了。

列那的四十多个亲友，也向国王告别，和列那狐一起走了。他心里很快活，竟赢得了国王的欢心。他想以后就可以帮助他的朋友，而且不用再怕他的仇人了。

快乐读书吧系列丛书

扫码听音频

阅读指导与考点手册

列那狐的故事

紧贴新版教材　掌握阅读策略　实现能力进阶

基础知识点回顾

《列那狐的故事》又叫《列那狐传奇》，它取材于中世纪的欧洲社会，经过了“僧侣诗人”与“宫廷诗人”的润饰，加上了时代色彩与讽刺意味，却又保有民间传说这类通俗文学质朴可爱、面向大众的特点。《列那狐的故事》传播广泛，更是被改编为韵文故事、讽刺故事诗、抒情诗、戏剧。

内容梗概

《列那狐的故事》属于在民间文学的基础上发展而来的世俗文学，用于表现市民阶层的思想感情。故事从狮王开会、动物们控诉列那狐的恶行开始，依赛格林狼、白鲁因熊、特保猫等列那狐的仇人更是屡次向列那狐发难。面对狮王的怒火，列那狐凭借智慧一次次周旋其中，不仅保全了自己的性命、惩罚了贪婪的依赛格林狼等仇人，还得到了狮王的欢心，过上了幸福快乐的日子。

思想内涵

1. 取材于现实，充满喜剧色彩。通过一系列生动有趣的情节和角色塑造，将当时社会的种种现象和矛盾都以寓言的形式呈现出来，富含深刻的社会寓意。

2. 揭示了封建贵族的残暴贪婪，表现市民的机智勇敢。列那狐凭借自己的智慧和勇气挫败敌人的阴谋，保护了自己和同伴的利益。这种正义与邪恶的鲜明对比，展现了市民阶层在逆境中的顽强抗争精神。

艺术特征

1. 语言讽刺、幽默，风格活泼。列那狐的种种计谋，如装死偷吃乌鸦、用计让狼尾巴冻在冰上等，都让读者在会心一笑中感受到作者的机智，让原本沉重的社会批判变得生动有趣。

2. 大量使用隐喻、象征等手法。如狮王代表强权的封建统治阶级，依赛格林狼等代表贪婪的贵族大臣，列那狐则是勇敢反抗压迫、机智应对困境的市民象征。这些手法的运用使得作品能够跨越时空的界限，与不同时代的读者产生共鸣。

3. 化用古代寓言，还原动物本性。比如列那狐和依赛格林狼的决斗是靠爪子、尾巴和牙齿，还原了动物本来的模样。同时，书中化用了许多古代的寓言，如熊被夹在树缝中、狼看马蹄被踢等，让故事变得生动可喜。

人物关系图梳理

读完全书，你一定对书中出现的各种动物印象深刻，试着以列那狐为主线，梳理出其中的主要角色吧。

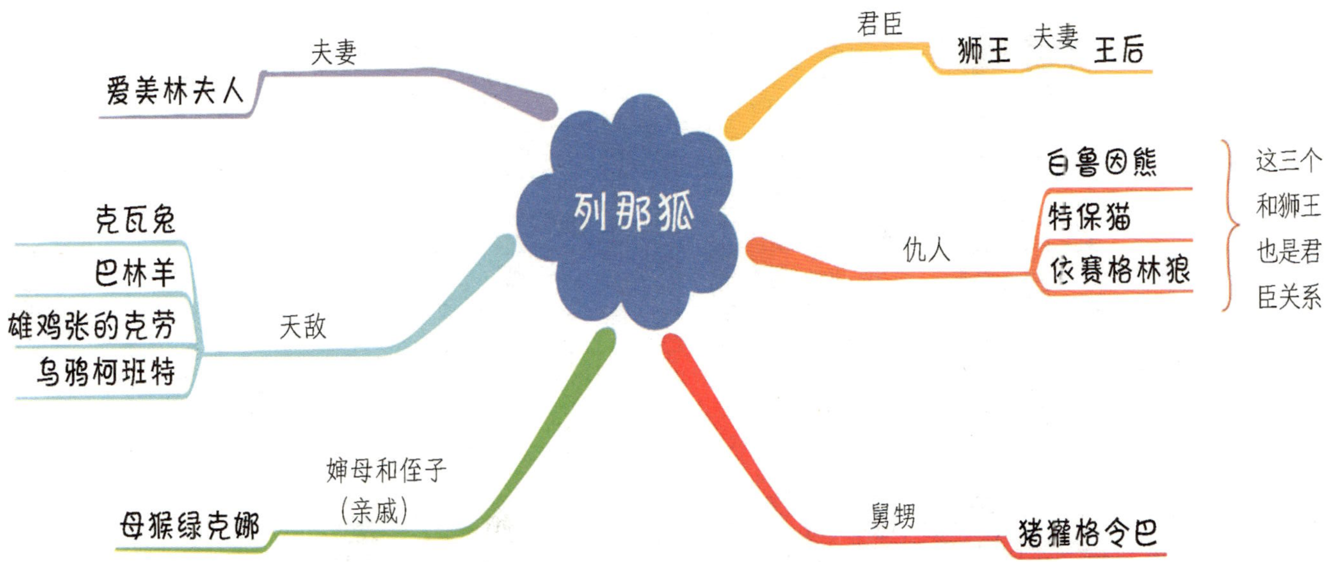
列那狐
君臣
狮王
夫妻
王后
仇人
白兽因熊
特保猫
依赛格林狼
这三个和狮王也是君臣关系
舅甥
猪獾格令巴
婶母和侄子（亲戚）
母猴绿克娜
天敌
克瓦兔
巴林羊
雄鸡张的克劳
乌鸦柯班特
夫妻
爱美林夫人

真题大闯关

一 填空

1.《列那狐的故事》主角列那狐是一只____________、____________的狐狸，他有着______色的眼睛。

2. 列那狐与__________的斗争是《列那狐的故事》的中心线索。

3. 故事的开头，为了传唤列那狐过来，狮王先后派了________、________作为使者，但他们都失败了。直到列那狐的外甥________主动请缨，才成功叫来了列那狐。

4.《列那狐的故事》善用隐喻和象征。其中代表强权的动物是______；代表贪婪的动物是______。

5. 列那狐欺骗________树里面有很多蜂蜜，导致他被卡到树里出不来，差点被人打死。

6. 列那狐的三大仇人分别是贪吃的__________、机敏的__________、贪婪的__________。

二 选择

1.（2023 秋 · 盐都区期末）根据课外阅读完成下列选择题。

《列那狐的故事》一书中，与精明的列那狐不相上下的角色是（　　）。

A. 白鲁因熊　B. 依赛格林狼　C. 特保猫

2. 下列句子中，对人物描写的方式与其他三句不同的一项是（　　）。

A. 列那狐转过身来，又用尾巴打在依赛格林狼的眼上

B. 列那狐用毛松松的尾巴打他的脸，依赛格林狼的眼睛一时张不开，便停下来揉眼睛

C. 依赛格林狼把列那狐打倒在地上，在他没有翻身起立之前，捉住他的腿，压在他身上

D. 依赛格林狼想道：我必须结束这场决斗。这个恶贼能与我相持多久呢？我是雄伟的

3.（2023秋·峡江县期末）班级要开展“民间故事大家讲”的活动，下面小组收集的故事中不符合本次活动的主题的是（　　）。

A.《孟姜女哭长城》

B.《一千零一夜》

C.《小英雄雨来》

D.《列那狐的故事》

4.（2023秋·即墨区期末）图书管理员要把一批新书分类摆放到相应的书架上，下列分类不当的是（　　）。

A.《中国民间故事》《列那狐的故事》《欧洲民间故事》

B.《格林童话》《宝葫芦的秘密》《安徒生童话》

C.《中国古代寓言》《伊索寓言》《克雷洛夫寓言》

D.《炎帝尝百草》《哪吒闹海》《小英雄雨来》

5.（2022秋·郑州期末）下列关于民间故事的说法，错误的一项是（　　）。

A. 民间故事是口耳相传的经典，是老百姓智慧的结晶

B. 民间故事一般有固定的类型和重复的段落，主人

公大都具有相似的性格特点

C. 民间故事往往寄托着人们朴素的愿望，根据这一点，《田螺姑娘》的结局应该是田螺姑娘和年轻人结婚，过上了幸福的生活

D. 欧洲各国的民间故事精彩纷呈，你可以看到淳朴又善良的列那狐是如何帮助其他动物的，这些故事一定会让你感受到人世间的真诚和善良

三 判断

判断下列说法是否正确，正确画“√”，错误画“×”。

（1）小猎狗考托士对列那狐赞不绝口。（ ）

（2）列那狐是一个和蔼真实的人，他不能忍受虚伪的事。（ ）

（3）爱美林夫人很喜欢克瓦兔，把他留下来说了好久的话，他才不能和巴林羊一起回去。（ ）

（4）列那狐和依赛格林狼在山洞中遇到的猴子大怪兽其实是列那狐的婶母绿克娜。（ ）

（5）依赛格林狼出于公正，在决斗前给了列那狐两只自己的手套。（ ）

（6）决斗前双方找了证人，白鲁因熊与特保猫做了依赛格林狼的证人，格令巴猪獾做了列那狐的证人。（ ）

（7）为了鼓励列那狐，水獭给他捉来了一只胖小鹅吃。（ ）

（8）人救了蛇，蛇却想吃掉人。面对如何判决这一个难题，列那狐提出了帮助蛇吃掉人，挽回了狮王的

威严。（　）

（9）神话骨雕梳是由生长在地上乐园与大印度间的一只名叫潘西拉的高贵动物的骨头所做的。（　）

（10）列那狐用自己的才智逃脱了审判，荣归马里卜台堡。（　）

四 阅读欣赏会

1. 阅读文章，回答问题。

____

①现在听列那狐怎样编织谎话。他先叫他的外甥格令巴猪獾来，以便在要紧时可以帮助他。于是，他开始说道："我亲爱的陛下，我父亲曾找到爱曼里克王埋在地坑中的宝藏，他得到这些财宝，便十分（　），蔑视他以前的同伴。

②"他差特保猫到白鲁因熊那里，向他表示敬意，并说他如果要做国王，便请到法兰特来。白鲁因熊十分（　），因为他想得到这个高位！于是他便到法兰特来，我父亲很敬爱他。不久，他又叫了格令巴猪獾、依赛格林狼、特保猫来，他们到一个僻地开会，商议了一夜。

③"他们想要利用我父亲的财宝，谋杀国王。现在，请静听这个奇事！他们议决举白鲁因为国王。如果有谁想要反对，我父亲便可用财宝去取他们的性命。

④"第二天清早，格令巴吃醉了酒，把这事告诉了他的妻子，叫她严守秘密。但她不能严守秘密，又把这事告诉了我的妻子，但要她立誓不告诉别人。但

她却告诉了我，我至今守着这秘密。她说得很详细，我非常（　），毛发都竖起来了，我的心重得如铅，冷得如冰，我知道白鲁因是狡猾、凶暴的，如果他做了王，我们就都要受苦了。

⑤“我知道我尊贵的王，出身极高，又有力，又公正，又仁慈。我常常在想，一个尊贵有力的好狮王，换成一个凶恶的贼，那是如何的一个变迁！于是我时时想方设法破坏他们的计划。

⑥“我常常祝愿着我们的王身体健康、长命百岁，但我很明白，那些财宝如果在我父亲手里，他们一班人便会用以推翻王室，我便决心要查出父亲藏宝的地方。我不管日夜、晴雨、寒热，时时暗中跟在父亲身后，要探出财宝的所在。

⑦“有一次，我伏在地上，看见我父亲从一个洞中出来，他仔细地观察四周有没有人。然后，他便用沙把洞口掩盖住了，洞口与平地一样，一点儿也看不出异常。我等他走了，便跳到洞边，用手把沙扒出来，钻进洞去，发现洞中堆有无数的金银财宝。

⑧“于是，我叫我的妻子爱美林帮助我，在夜间悄悄地把这些财宝搬到另一个地方，藏在一个深洞中。同时，我父亲与白鲁因、依赛格林正在进行他们的叛谋。我父亲到处招兵，允许先给一个月的俸金，帮助白鲁因举行起义。

⑨“归来后，我父亲便到藏宝的地方去看，不料洞口大开，财宝已失。他又气又悲，自己上吊死了。于

是白鲁因的逆谋便宣告结束。现在，我真是倒霉！奸贼依赛格林和白鲁因居然仍为大臣，与我的王坐在一起议事。而我呢，可怜的列那，却没人帮我，没人谢我！”

（1）本文节选自《____________》。

（2）将下面词语正确填入文中括号内，依次为：______、______、______（填序号）。

①开心　②害怕　③骄傲

（3）本文缺一个标题，下面最合适的是（　　）。

A. 可怜的列那狐

B. 宝藏的下落

C. 失窃的财宝

D. 白鲁因熊的逆谋

（4）机智、狡猾的列那狐在即将被狮王判罪的时候编造了宝藏的故事。请你想象一下，狮王接下来会说什么、做什么？请你预测一下故事后续的走向吧。

____

____

2.（2023秋·新泰市期中）阅读与理解。

平地风波

①这时依赛格林狼、白鲁因熊及特保猫早已围在刑场边，等列那狐做完忏悔，前来受刑。Ⅱ

②但他们，还有来看吊死狐狸的一大帮动物，开始感到等的时间太长了。特保猫攥着绳子，随时准备挂上树去，也等得不耐烦起来。白鲁因熊比较沉着，闲坐在旁边的一棵树底下；依赛格林狼显得很烦躁，

急促地走来走去……那些来看热闹的，早已占好位子正想着法儿消磨时光，抱怨那位有好戏给他们看的要角儿姗姗来迟。Ⅱ

③大伙等得心烦的当口，只见特塞林乌鸦拍着沉重的翅膀，急急飞来。

④“全落空啦！”他总是报告坏消息，“大好机会给错过啦！”

⑤“怎么回事？”各种声音同时发问。

⑥“哎呀，列那狐又得宠了！”

⑦“没有的事！”依赛格林狼气得直吼。

⑧“但事实如此。”乌鸦继续说道，这时很多人围了上来，“不知狐狸花言巧语了些什么，总之说得圣心大悦。只见狮子挽着列那狐的手臂，两个人踱来踱去。高傲的狮夫人，每次看见他们从面前走过，总会冲狐狸嫣然一笑！所以，我赶紧跑来通知大家，因为这家伙重新得宠，对主张制裁他的人来说，绝不是个好兆头。诸位听我一言，还是老老实实回家去，求个太平，别在这儿干等啦！说不定狡猾的狐狸，向王上讨个情，把本来要套到他脖子上的绞索，说变就变，马上套到你们当中某一位的头上。这是是非之地，一刻都待不得，在下先告辞了。”

⑨刚才还围得水泄不通的场子，呼啦一下，跑得一个不剩。特保猫有些悚然，放下绳子，溜了开去。依赛格林狼和白鲁因熊不相信局面会大翻个儿，想到宫里去探个究竟。但他们不敢莽撞，没有径直进言向狮王索要待处决的罪犯，而是先伏在外面观察动静。Ⅱ

⑩果然，他们看到狮王跟狐狸手拉手，有说有笑，大摇大摆地踱着步。狮夫人嘴角含笑，带着讨好的神情。巴林羊和克瓦兔已整装待发，一副要远行的样子。列那狐跟狮王殷殷道别，告退出殿，率巴林和克瓦走出宫来。依赛格林狼和白鲁因熊躲着没露面，看到这里，夹着尾巴先逃开了。Ⅱ

（1）文中的“Ⅱ”已把故事划分为四部分，给其他两部分也列出小标题，

__________→大伙等看热闹→剧情陡转→__________

（2）本文的主人公是__________，作者主要通过对他的（直接 间接）描写，让我们感受到了他的__________。

（3）读了第①段，我猜测__________________，读到第⑩段发现故事的结局在我的______（意料之中 意料之外）。

（4）联系故事的开头和结尾，说说你的发现或问题。

我的（发现 问题）________________________________

（5）第②段写了大伙急等看热闹的场面，安排得很巧妙，将其作用写下来。

____

____

____

五 创新情境题

1. 班级举办了民间故事读书会。

（1）请分别用一个词概括《列那狐的故事》中的人物特点。

列那狐：______；依赛格林狼：______；雄鸡张的克劳：______；狮王：______。

（2）读完整本书后，老师组织同学们展开了一次辩论，请你参与进来。

海狸说："他简直是一个谋杀者，一个海盗，一个贼。"猪獾却说："我的舅父是一个和蔼真实的人，他不能忍受虚伪的事。"他们对列那狐的评价为什么会有这样的不同？读了《列那狐的故事》，你更支持谁的观点？请说一说理由。

正方观点：海狸说得对，列那狐更像是一个坏蛋。

反方观点：猪獾说得对，列那狐更像是一个好人。

你支持______方的观点，因为____。

2.（2023秋·潜山市期末）口语交际：请教。

佳佳最近看了《列那狐的故事》，这本书由27篇故事组成，每一篇都是以列那狐为主人公，这么多故事都是作者自己想出来的吗？佳佳心想：这么多故事都是哪里来的呢？还是明天去问张老师吧。第二天，她一上学就来到张老师的办公室，和张老师展开了以下对话：

（1）佳佳：______________________________？

张老师：好的，可以。

（2）佳佳：______________________________？

张老师：这些故事或取自希腊、罗马寓言，或取自印度等东方国家的故事，但主要来源还是法国北部的民间传说。因此，可以说是东西方动物故事的荟萃。

（3）佳佳：________________________________。

六 写作

1. 同学们，民间故事存在于世界的每一个角落，它们是老百姓智慧的结晶。这学期，你一定阅读了不少民间故事，请你推荐《列那狐的故事》给大家，并说说你的推荐理由。

____

____

____

____

2. 续写故事。

在《列那狐的故事》中，列那最终获得了国王的欢心，与妻儿共同度过了一段幸福快乐的日子。但是依赛格林狼等在与列那的交锋中落败的人物，会就此罢休吗？如果他们卷土重来，列那还能再一次战胜他们吗？请发挥你的想象力，完成一篇习作。

要求：（1）想象要丰富有意义；（2）叙述要有条理，语言要流畅，不少于 400 字。

参考答案

一、填空

1. 聪明　狡猾　红

2. 依赛格林狼

3. 白鲁因熊　特保猫　格令巴猪獾

4. 狮　狼

5. 白鲁因熊

6. 白鲁因熊　特保猫　依赛格林狼

二、选择

1.C　2.D　3.C　4.D　5.D

三、判断

1–5 ××××√　6–10 √××√√

四、阅读欣赏会

1.

（1）列那狐的故事；（2）③①②；（3）B；（4）国王与王后信以为真，非常想得到那些财宝，赦免了列那狐，惩罚了白鲁因熊等。

2.

（1）列那狐将受刑　狐狸再受宠，敌人逃跑；（2）列那狐　间接　狡猾；（3）列那狐会转危为安　意料之中；（4）示例：问题——列那狐是怎么重新得宠的？（5）写出大伙迫不及待地想看列那狐被行刑的样子，与下文“跑得一个不剩”形成对比，使故事情节曲折有趣。

五、创新情境题

1.

（1）聪敏　贪婪　弱小　强权

（2）示例：支持正方。聪明、狡猾的列那狐一方面欺压兔、鸡等小动物，一方面戏弄狮王、狼、熊等动物，想要杀死他们，而且经常说谎骗人，更像是坏蛋。

支持反方。列那狐虽然对敌人很不好，但那是因为敌人想欺负他，吃小动物也是狐狸的本性。他对自己的家人、朋友很好，很爱护他们。

2.

（1）老师，想请教您一个问题，可以吗

（2）我看了《列那狐的故事》这本书，我想知道书中的故事都是来自哪里，您能告诉我吗

（3）谢谢老师的解答，我以后一定要多读书、勤思考

六、写作

1. 示例：《列那狐的故事》讲了一只聪明又狡猾的狐狸列那，用他的小脑袋解决了一个又一个难题，还发生了好多惊险又好玩的事情的故事。这本书里的故事既让人捧腹大笑，又能让人学到智慧和勇敢。快来一起看看吧！

2. 方法启迪：

本篇习作为半命题的想象作文，要求学生结合自己的生活实际，选择自己最想表达的去写。写好想象作文，首先想象要合理，不能天马行空，胡编乱造，要符合生活实际。写想象作文应和写记叙文一样，在写法上也要写“实”，要有“时间、地点、人物，事情的起因、经过、结果”，让人读了有身临其境之感，写想象作文也要重视语言文字的表达，使人

读起来能感到文通字顺，条理清楚，给人留下深刻的印象。

范文参考：

冰湖陷阱

隆冬的寒风卷起雪粒，依赛格林狼对着结冰的湖面哈气，爪子上的伤痕还在隐隐作痛——那是上次被列那狐骗去钓鱼，尾巴冻在冰窟窿里留下的印记。他发誓再见到列那狐，定要将其撕碎。

“亲爱的依赛格林！”熟悉的声音突然从身后传来。依赛格林猛地转身，列那狐正叼着半只野兔，它的皮毛在阳光下泛着油亮的光，“看我给你带了什么？东边的冰面下藏着会发光的鱼，我一个人搬不动！”

狼的喉咙发出低沉的嘶吼，却死死盯着野兔。列那狐把猎物推到他跟前，尾巴得意地扫过雪地：“只要用尾巴当诱饵，那些鱼就会自己咬上来。”说着，他掀开雪堆露出凿好的冰洞，洞内漆黑的水面倒映着他们的身影。

依赛格林的獠牙几乎要咬到列那狐鼻尖，却在触及野兔的瞬间泄了力。他听话地将尾巴探入冰洞，这时，藏在雪后的列那狐迅速掏出麻绳，把狼尾和岸边的树桩死死捆住。“等太阳出来，你就能和冰面融为一体了！”狐狸大笑着跃入树林，留下依赛格林愤怒的咆哮在雪原回荡。

列那狐的朋友们一直把他送到了马里卜台堡，然后一个个地说了恭维的话后告别。列那也恭敬地感谢他们的好意，还说，他们如果有什么需要，他会竭尽全力地帮忙。于是他们都离开了，各回各家。

列那狐见了他的妻子爱美林。她欢欢喜喜地迎接他。他告诉她和他的孩子们事情的发展，一点也不遗漏。于是他们十分欢欣，知道列那现在已得宠于国王。

此后，列那狐与他的妻儿便快快活活地生活着。

动物座谈会

故事的开头，列那狐曾做下许多恃强凌弱的坏事，在众兽和读者心中，他俨然是一只智慧与凶恶并存的狡狐。而随着故事的展开，我们渐渐知悉了列那狐变坏的原因以及他对这个社会的深刻认识。他是森林中势单力薄却勇于反抗的狐狸，也是为了生存和家人的安危勇敢作为的狐狸，他的形象是复杂的。读完这本书，你认为列那狐是一只怎样的狐狸呢？你喜欢他吗？